R
DECOHOUSE MAGAZINE
DECOHOUSE MAGAZINE

薔薇色じゃない

凪良ゆう
Nagira Yuu

イラスト　奈良千春
ブックデザイン　内川たくや

薔薇色じゃない

20 years old

【水野光流】

阿久津《あくつ》とのはじまりは、ひどくスムーズだった。

自分たちが恋をするときに最初に立ちはだかる、相手がゲイであるかどうかという確認も、出会いがゲイが多く集まるクラブのイベントだったのでなんなくクリアすることができた。声が聞きたいと思ったときに携帯が鳴る。会いたいと思ったときに誘いがくる。

あとで振り返ってみれば、ちょっと怖いほどのタイミングのよさだったけれど、渦中にいたときはあまりのスムーズさに逆になんのドラマ性も運命的なものも感じなかった。磁石のS極とN極が引きあうように、阿久津と恋に落ちることになんのためらいもなかった。

阿久津とは、友人に誘われて顔を出したクラブのイベントで出会った。バーカウンターに酒を買いにいったとき、これうまいよと話しかけられたのが最初だ。

それならと頼んだカクテルはまずかった。ありふれたレシピをよくもこんなおかしな味に作れるものだとあきれていると、阿久津はそうかなあと舌を出して一舐《な》めした。

「もう味わかんないな。酔ってるし」

「勧めたのに？」

「話しかけたかっただけだから」

男らしく整った顔立ちに、照れくさそうな笑顔がいい感じだった。カウンターに頬杖《ほおづえ》をついている腕にしっかりと筋肉がついている。顎《あご》を支える手のひらが大きい。

明け方までみんなで遊んで、始発で散り散りになる中、少し寝かせてと言われたので部屋に招いた。言葉通り、ベッドと床で寝ただけだ。目が覚めると午後になっていて、食事を作っていると、いい匂《にお》いと寝ぼけ顔の阿久津が起きてきた。

「飯、食う？」

「うん、ありがと」

まだ眠そうな、ぼんやりした笑い方もかわいい。

小さなテーブルで向かい合い、味噌汁を飲むなり「うまい」と阿久津はつぶやいた。

「学食と全然ちがう。実家の味噌汁と同じ味がする」

「阿久津くんち、出汁《だし》から取ってるんだ」

「出汁？」

よくわからなそうな顔をされたので、阿久津が料理は疎いことがわかった。

「水野《みずの》くんは料理男子？　昨日もカクテルまずいって言ってたな」

「実家がレストラン経営してるから」

「へえ、継ぐの？」

「兄貴がいるから継がない。俺はフードスタイリスト目指してる」

「フード……？」

「雑誌やテレビや映画にでてくる料理作ったり、いろいろ」

大雑把すぎる説明に、阿久津はふんふんとうなずいている。多分わかっていない。それから出汁巻きを絶賛し、米がふっくらしていると喜び、味噌汁と併せておかわりをした。

「ごちそうさまでした」

阿久津は大きな手を合わせて軽く頭を下げた。いまどき珍しく、食べ物に対してきちんとしている。食に対しての礼儀正しさは、水野にはとても大切なことだった。

「阿久津くん、名前、ちゃんと聞いていい？」

「阿久津慧一《けいいち》、K大の二回生。そっちは？」

「水野光流《ひかる》。O大二回。同い年だな」

「彼氏いるの？」

「いたら他の男は部屋に入れない」

「また会ってくれる？」

「うん、また会いたい」

同じ速度、同じ深さで好意を抱いた。あまりに自然で、滞《とどこお》りがなく、平凡な――。
それが阿久津との十五年のはじまりだった。

22 years old

【水野光流】

大学四年の初秋、阿久津は大手食品会社から内定をもらったが、水野は狙っていたプロのフードスタイリストのアシスタント募集をすべて落ちた。調理学校卒でもない、普通の大学からの応募に、最近は料理男子流行《はや》ってるからねと面接で苦笑いされたこともあった。

『だから調理学校いけばよかったのに』

電話口で実家の母親から溜息《ためいき》をつかれ、「だってさあ」とぼやいた。実家がレストランという環境で育った分、料理はあまりに身近すぎて、一度そこから離れていろいろな選択肢の中に自分を置いてみたかったのだ。そして離れてわかった。自分は料理が好きだった。

「でも就職できないんじゃしょうがないわよね。料理したいならうち帰ってきなさいよ。いつだって人手は足りないし、お兄ちゃんと一緒に厨房《ちゅうぼう》やってくれれば助かるわ」

「店はメニュー決まってておもしろくない」

電話のこちら側でぶすくれると、生意気ねえとあきれられた。

「まあ、あんたの人生だから好きにしなさい。でも卒業したら仕送りは止めるからね。やりたいことやりながら生活していく大変さをかみしめなさい。うちはいつでも雇ってあげるから」

母親は上機嫌で電話を切った。きっとすぐに泣きついてくると思っているのだ。悔しい。しかし母親の言うことはもっともだった。周りすべてが就職就職と目の色を変える中、水野だって徐々に現実が見えてくる。最近、友人たちの会話にぼやきが多い。

「俺、ほんとは映画撮りたかった。無謀すぎる夢だったな」

「自由なうちに海外いったり、もっといろいろやっときゃよかった」

「でもこんな時代だし、少しでも手堅く生きたほうがいいよ」

そのあたりで、みんなそうだよなとうなずく。内定をもらえた安堵《あんど》と歓び、その揺り返しのような青春の終わりムード。そして大人《おとな》になった自分への自負と共に水野を見る。

「おまえもがんばれよ」

ん、と水野はうなずく。この場合の『がんばれ』は、おまえも大人になれよという意味だ。

「やっぱフードスタイリストなんて無謀なのかなあ」

阿久津の部屋のベッドにもたれ、クッションを抱きしめてなにもない宙を見上げた。つきあって二年、すっかり馴染《なじ》んだ空間。このクッションもふたりで一緒に選んだ。

「今から方向転換しても、いいとこの内定なんて取れないぞ」

阿久津がテレビのリモコンをいじりながら言う。

「だよな。わかってんの。もう手詰まり感すごい」

クッションに顔を伏せると、頭にぽんと手がのった。

「そんな簡単に夢あきらめんなよ」

「俺だってあきらめたくないけどさ」

これからは自分の面倒は自分で見ていかなくてはいけない。生活を回しながら、フードスタイリストになるための勉強もがんばる。口で言うほど簡単じゃない。生活はバイトでやっていけるだろうけど、将来のことを考えると足踏みしてしまう。夢を見るのは自由だけれど、夢が叶《かな》う保証がない。そのとき後悔しないようにと肝《きも》に銘《めい》じておかなくてはいけない。

「……俺、駄目だなあ」

ガラにもなく気落ちしていると、阿久津が言った。

「一緒に住むか」

えっと隣を見ると、真顔の阿久津と目が合った。

「前から考えてたんだけど、親がかりの学生のうちから同棲《どうせい》ってのもどうかと思って言えなかった。けど俺も就職決まったし、光流の状況考えたらそれがいい。一緒に住んだら家賃や光熱費も折半できるし、おまえはとりあえずやりたいようにやってみろよ」

「いや、でも」

「俺は光流の飯はめちゃくちゃうまいと思ってる。おまえは絶対に才能ある。だから今あきらめてほしくない。おまえには俺がついてる。いざってときは俺がいるから頼れよ」

「……慧一」

アシスタント募集に全落ちし、世界中から『おまえはいらない』とスタンプを押されたような気分だった。すかすかで価値のないスポンジみたいな心に、阿久津の言葉はじゅわじゅわ沁《し》み込んでいく。鼻の奥がつんと痛む。こらえようにも目元が熱くなっていく。

「……ありがと」

泣き顔を見せたくなくて阿久津の肩に顔を伏せると、力強く抱き寄せられた。

「俺も嬉《うれ》しい。これからは毎日光流の飯が食えるんだな。それだけでがんばれそう」

「もう外食できない身体《からだ》にしてやる」

「すでになってる」

これ以上ないほどの幸せの中でキスを交わした。

大学卒業を機に、ふたりで部屋がふたつと独立した台所のある部屋を借り、水野はバイトをしながら師事したいフードスタイリストのアシスタントに空きが出るのを待った。

サラリーマンになった阿久津は忙しく、バイトで比較的時間に融通のきく水野が家の中のことをした。その分、阿久津は生活費を多く負担してくれた。おやつは三百円までと遠足の計画を立てるような軽快さで、暮らしの中の決まり事はできあがっていった。

今までひとり分だった家事がふたりに増えても、面倒だとは思わなかった。一番手間のかかる食事作りは水野にとって勉強であり、家事だという意識すらない。水野が創意工夫を凝《こ》らす料理を、阿久津はいつも喜んで食べてくれる。

「参考にならないから、もっとちゃんと批評してほしいんだけど」

「ちゃんとって？」

「コクがあるとか、まったりしてるとか、これを足せばいいんじゃないかとか」

「そんなの俺にわかるわけないだろう」

簡単に言い切り、阿久津は夜食に出した鯛出汁茶漬《たいだししちゃづ》けをうまそうにかきこんだ。

阿久津は家事全般が得意ではない。掃除や洗濯はやらずにすむものならやりたくないし、食事も手料理が一番だが、面倒なときはコンビニやインスタント食品が続いても我慢できる。そんな阿久津に、細かな批評をしろというのがまちがっていた。

「でもうまいまずいはわかるぞ。光流の飯はうまい。これも飲んだあとには最高」

満面の笑みで茶碗を持ち上げる。阿久津の食べ方には下品にならないリズム感がある。論評には期待できない一方、料理人は阿久津のような食べ方をする人間を理屈抜きに好ましく思う。愛《いと》しい男の食事風景を、水野は幸せな気分で見守った。

「そういえば、こないだ課長に連れられていった店、うまいって言うから期待したけど、それほどでもなかった。光流の飯のほうが百倍うまい。一応うまいですねって愛想《あいそ》しといたけど」

「食品会社の社員って、みんな舌肥えてそうだけど」

「そんなことないな。商品開発部ならともかく、うちは広報企画部だし」

阿久津は唇《くちびる》の端にはねた出汁を、舌でぺろりと舐める。

それを見て、頬杖でなんとなくにやけてしまった。

「なに？」

「いっぱい食べるきみが好き、ってコマーシャル思い出してた」

そう言うと、阿久津はなぜかいやらしい笑みを浮かべた。勢いよく最後の一口を食べ、ごちそうさまとさっさと立ち上がる。テーブルを片づけようとする水野の腰《こし》を抱き、強引に寝室へと引きずっていく。

「おい、片づけまだ」

「明日でいいだろう」

ベッドに押し倒され、布団《ふとん》から抜けた空気で阿久津の前髪が揺れる。

「食って、やって、おまえは動物か」

「光流がかわいいこと言うからだろう」

体重をかけられ、溜息が押し出される。くちづけと一緒に出汁と柚子《ゆず》がほんのり香る。あたたかくて、満ち足りていて、脳をぼんやりさせる幸福感。食事と性行為は似ている。

「風呂《ふろ》まだなんだけど」

「光流の汗の匂いも好きだ」

耳のうしろをクンクンとかがれて、鼻息がくすぐったくて身をよじった。抵抗するほど阿久津は悪戯《いたずら》をしかけてくる。首筋を吸いながら、指先が胸の先にふれてくる。

「駄目だって。今日いっぱい汗かいたし」

「じゃあ一緒に風呂入ろう」

シャツの中に大きな手が忍び込んでくる。

「この状態で一緒に入ったら、絶対するじゃん」

「当然だろう」

「風呂は声が響くからやばいんだって」

先日お隣さんとすれちがったとき、なんともいえない視線を感じてひやりとした。

「じゃあ、やっぱりこのままましょう」

両手首をひとまとめにされ、顔の上で押さえつけられる。性急にシャツを脱がされ、あらわになった胸にくちづけられた。舌先で転がされると甘い疼《うず》きが下腹に広がっていく。

「……慧一、駄目だって」

腰をよじって抗《あらが》うも、強引にベルトを外される。

「ほら、腰上げろって」

低い声でのささやきにぞくりとした。いつもは優しい阿久津が、行為のときだけやや乱暴になる。それにたまらなく興奮させられる。そろそろと腰を上げると、下着ごとハーフパンツを下ろされた。すでに勃《た》ち上がっているものをやんわりさすられる。

性急な愛撫《あいぶ》にどんどん高められ、いくつかの手順をこなすまえに「早く」とねだった。まだ少し準備が足りない。けれど一度熱くなるとお互い待てない。

気持ちだけでなく、阿久津とは身体の相性も最高だった。こうきてほしいというところにぴたりとはまって、ゆらゆら揺られている間に沖から大きな波がやってくる。頭からざぶりと快感に呑《の》み込まれ、みるみるぐちゃぐちゃになる。

これでも落ち着いたほうだった。つきあいはじめたときはもう夢中で、初めての長い休みはお互い実家に帰らず、どちらかのマンションで日がな一日抱き合っていた。デートに出かけて、途中で我慢できずに外でしたこともある。若さの無軌道ぶりは怖いほどだった。

「光流」

つながったまま名前を呼ばれると、少ないゼラチンで仕上げたゼリーのように、気持ちがふるふるとやわく崩れていく。快感が水位を上げていき、阿久津が苦しげに眉《まゆ》をひそめる。甘さと男らしさが混ざり合った顔立ちは出会ったころと変わらず好みのままで胸が騒ぐ。

こんな自分たちは、ゲイの友人たちからよくからかいの種にされた。

「二年も経つのに、いつまでラブラブしてるつもりだよ」

「あー、うらやましい。俺の運命の彼氏は今ごろなにしてんだ」

「けどこんなに早く運命の人に出会ったら、もう遊べないじゃないか」

「それは言えてるな。こいつら二十二にして早くも打ち止めだ」

からかう友人たちに、阿久津は余裕で水野の腰を抱き寄せた。

「打ち止め上等。おまえらも早く運命の相手を見つけろよ」

こめかみにキスをされ、水野も頬をこすりつけて応《こた》えた。

周りから「さっさと破局しろ」と紙ナプキンやレシートが飛んできて笑った。

春の次は夏がくる。阿久津とのつきあいはそれくらい当たり前のことで、なのに夏が終われば秋がくるとは考えもしなかった。自分たちはずっと今のまま続いていくと信じていた。

24 years old

【水野光流】

二十四歳の夏、念願だったフードスタイリストのアシスタントになった。売れっ子の師匠について定時も定休もなく、毎日はぐんと忙しくなったが、今まで生きてきた中で今ほど充実した日々もない。毎日、仕事にいくのが楽しくてしかたなく、残業さえも喜びに感じられた。

その日も帰宅すると十時を超えていて、シンクに浸けられた保存容器と箸《はし》を見つけて顔をしかめた。

「慧一、せめて皿に移して食べろっていつも言ってるだろう」

「悪い。もうチンするのも面倒だった」

阿久津はソファで、膝《ひざ》に置いたパソコンから目を離さずに答える。入社二年目の今年、阿久津は初めて企画のリーダーを任されて張り切っている。

「冷たいまま食べたのか？」

「うまかったぞ」

「あたためたらもっとうまかったと思う」

「次はそうする」

先日もそう言ってたぞとぼやき、水野は手早く洗い物をしていく。

「張り切るのはいいけど、忙しくても飯くらいさっと作れる男じゃないと今はモテないんだぞ。うちの先生がやってる教室も生徒の三分の一は若い男だし」

「俺はおまえにモテてるから、もう充分」

「は？　俺だって不精な男よりテキパキ家事やる男のほうが好きなんだけど」

「じゃあ明日からがんばる」

と言いながら、相変わらず阿久津はパソコン画面に視線を落としたままだ。

「だーかーらー、こないだもそう言ってたって」

「しかたないだろう。俺には光流がいてくれるんだから」

「一生俺にやらせるつもりか？」

ソファに座っている阿久津に、後ろから手を回してもたれかかった。

「一生そばにいてくれるんだろう？」

阿久津がようやくパソコン画面から顔を上げ、首をひねってこちらを見る。

「問いと答えが微妙にずれてるんだけど？」

「一緒だ。一生そばにいてくれないのか？」

「それはいるけどさ」

「よかった」

阿久津が首を伸ばしてキスをしてくる。からかうように耳のうしろをくすぐられ、思わず笑いがもれてしまった。うまくごまかされた気がしたが、まあいい。ソファテーブルには珍しくチョコレートの箱が出ていた。阿久津は特に甘いもの好きではない。疲れているのかもしれない。

「慧一、腹減ってない？」

「少し減った」

「パンケーキでも焼こうか？　先生に本場のメープルシロップもらった」

阿久津は「すごい」とつぶやいた。

「どうして光流はいつも俺が食いたいものがわかるんだ」

「なんでだろうな」

「そこは『愛』って答えろよ」

「そう思うなら、俺の愛に感謝して、少し心を入れ替えて家の中のこともするように」

「はいはい、いつもありがとうございます」

阿久津は頭を下げ、水野は笑ってキッチンに戻った。ソファの背にワイシャツがかけっぱなしになっていたので、ついでに洗面所に持っていくと、かごにはこんもりと洗濯物が盛り上がっていた。今週の洗濯当番は阿久津だが、まあいいかと見ないふりをした。

一緒に暮らしはじめたとき、阿久津が生活費を多めに出し、家事は水野が多めにやることに決めた。それでうまく回っていた。けれど最近は状況がちがってきている。成長に合わせて服のサイズを大きくするように、そろそろルールも変えていくべきだ。

熱いフライパンの上で、しゅわしゅわとバターがとけていく。キッチンにふくよかな香りが広がっていく。生地を流し入れ、ふつふつと気泡が湧き上がるのを見つめながら、明日の仕事の算段をした。明日はテレビ収録で朝が早い。食材と機材の手配はした。先生は十時にスタジオ入りをするので、自分は八時半には入って料理の下準備をする。

——あ、出勤する前に洗濯しとかないと。

集中が途切れ、パンケーキを引っくり返すタイミングが遅れた。あああ、と慌てて引っくり返す。ぎりぎり大丈夫。きつね色の焼き色にふうと安堵の息を吐いた。

最初は些細な不満だったことが、何度も続くと嫌になってくる。それまで笑ってすませていたことが、ちょっとした言い合いになるようになる。その朝もそうだった。

「光流、俺のストライプのシャツは？」

朝食を作っていると、寝室から阿久津の声が聞こえた。

「クロゼットにかかってるだろう」

「ないんだよ」

ちゃんとさがせよと言いながら、作りかけのスクランブルエッグの火を止めた。寝室へいき、クロゼットからストライプのシャツを出してやった。

「目の前にあるのに、なんで気づかないんだろうな」

苦笑いで渡したが、それじゃないと言われた。

「ストライプがもう一段細いやつ」

「ああ、ボタンダウンのか。あっちは洗濯かごの中」

「まじか。今日プレゼンなのに」

阿久津は縁起を担ぎ、プレゼンにはこれと決めているシャツがある。しかたないなあと溜息をつき、しかめっ面《つら》で代わりのシャツを羽織《はお》っている。

「今日着るって、こないだ言っただろう」

その言い方が癇《かん》に障《さわ》った。

「今週の洗濯当番、誰だった？」

真顔で問うと、あ……と阿久津は表情を入れ替えた。

「悪い。今のは俺が駄目だった」

わかればいいと水野は腕組みでうなずいた。

「光流も忙しいからな。俺ももう少し家のこと手伝うようにする」

その言葉に、ふと腑に落ちないものを感じた。

「手伝う？」

「いらない？」

「いるよ。けどお互い働いてるんだし」

「ああ、これからは俺も協力する」

前向きな言葉なのに、心のにごりはひどくなった。手伝う。協力。いいことだ。助かる。けれど、基本的に家のことはおまえに任せるというスタンスが気になった。

「じゃあお互い平等ってことで、俺も生活費きちんと半分出すよ」

平等を強調すると、阿久津は苦笑いを浮かべた。

「馬鹿、無理するな。アシスタントっていっても給料が増えたわけじゃないだろう」

「でも今まで甘えてたから、そういうの、もうやめようかなって」

だから慧一も家の中のことを——。

「気にするな。俺は甘えられるの嬉しいから」

阿久津は機嫌よく水野の腰を抱き寄せ、頬に音の立つキスをした。頼りがいのある言葉。甘いキス。どちらも嬉しい。今まではそれですんでいたことなのに——。

「ありがとう。でも、そろそろちゃんとしないとまずいかなって」

「ちゃんとって？」

「生活費半分にするから、家のことするのも半分にしたい」

はっきり言うと、阿久津は顔をしかめた。

「いきなり金の話にするなよ」

本当に嫌そうな顔をされ、確かにちょっと性急だったと反省した。ごめんと謝ると、俺も悪かったよと阿久津もすぐに退いた。

「光流も忙しいんだから、これからは本当に掃除も洗濯も手伝う。だからって金よこせなんてケチなことは言わない。ああ、けど飯作りは勘弁してほしい」

「まあ、そこはな。得意料理がインスタントラーメンの慧一には期待できないし」

しかし阿久津は首を横に振った。

「自分が作れないってのもあるけど、俺は光流の作ってくれる飯が好きなんだ。味がうまいのはもちろんだけど、なんかほっとするし、明日もがんばろうって思える」

それは恋人としても料理人としてもひどく嬉しい言葉で、さっきまでの心のにごりがみるみる晴れていく。現金にも、少々しんどくてもがんばろうと思える。

「今日の朝飯なに？」

「スクランブルエッグとトースト」

軽いキスをひとつ交わすと、すっかりいつもの二人に戻っていた。ダイニングテーブルにふたりぶんの朝食を並べていく。阿久津がほっとすると言ってくれた料理。けれど熱いフライパンにかけられたまま、今朝のスクランブルエッグは舌触りの悪いものになっていた。

「そういうの、早めに教育し直したほうがいいわよ」

午後の撮影で使うオレンジタルトの準備をしていると、師匠である片倉《かたくら》に言われた。片倉は三十四歳になる人気フードスタイリストで、二年前に夫と離婚した。片倉の仕事が忙しくなり、すれ違いが多くなったことが原因だった。

「料理研究家っていうだけで、家庭的だと誤解する男が多すぎるわね。きみとつきあったら家の中はぴかぴか、朝昼晩おいしい料理が食べられるんだね、幸せだねって。馬鹿ね。こっちは仕事でしてるのよ。看護師が家の中でまで白衣の天使やってられないのと一緒」

腕一本、フリーで仕事をしている女性は気が強い。そうでないとやっていけない業界なので当然だし、片倉は言葉はきついが裏がないのでつきあいやすい。

「水野くんの彼氏、良くも悪くも亭主関白ね。早めにガツンとやってマウント取らないと、そのうちあたしの元亭主みたいなこと言い出すわよ。味噌汁がーって」

「なんですか、それ」

「離婚に向けての元亭主の切り口上よ。ある夜いきなり、『もう一週間も家で味噌汁を飲んでないんだけど』って。あたしも疲れていらいらしてて、『そんなに飲みたいなら自分で作ればいいじゃない』って言っちゃったわよ。ああなったらもうおしまい」

「味噌汁で修羅場って料理研究家らしいですね。あ、でも、それくらい先生のご飯が好きだったってことですよね。それって愛じゃないですか？」

「そうね。でも自分がいっぱいいっぱいになると、愛はエゴに変わるのよ」

片倉は包丁ですぱりとオレンジをふたつに割った。

【阿久津慧一】

帰宅すると部屋は真っ暗だった。

携帯を確認したが、水野からの新着メールはない。

――予定が変わったんなら、連絡くらい入れてくれよ。

ネクタイをほどきながら、どさりとソファに腰を下ろした。

今日は最低な一日だった。初めてリーダーをまかされた企画で、データにミスが見つかったのだ。上司からこっぴどく説教をくらってへこみまくったが、リーダーとしてまずはミスを発生させて意気消沈している後輩を励まし、やる気を出させるのが第一だった。

昼飯を食いに会社を出ると、堰《せ》き止めていた落ち込みがやってきた。ここ何ヶ月か張り切っていた揺り返しだ。会社の人間がいかない裏通りのやる気のなさそうな蕎麦屋《そばや》で天ぷら蕎麦とかやくご飯のセットを頼む。暇なだけあってまずかった。

《今夜は光流の飯が食いたいな》

ぼそぼそした蕎麦をすすりながら、水野にメールを打った。弱っているところを人に見せるのは好きじゃない。しかし誰かに見せなければいけないとしたら、それは水野しかいなかった。

念願だった仕事につき、最近の水野は忙しい。以前と比べると一緒に過ごす時間は減っていたし、急に言っても駄目かもなとあきらめかけていたとき返事がきた。

《今日早く帰れそう。慧一の好きなもん作るよ》

それだけで、しょげかえっていた気持ちが持ち直した。

裏通りのまずい蕎麦屋でも腹はふくれる。けれど水野との関係において、飯はそれ以上の価値を持つ。外でなにがあっても、家に帰れば水野がいる。あたたかい飯であったり、セックスであったり、一日の最後に交わすおやすみであったり、翌朝のおはようであったり、水野との暮らしが内包するそれらすべてが、阿久津にとっては幸せの意味を持つ。

——のはずだったんだけどなあ……。

溜息をつき、ぼんやりと天井を眺めた。ひとりの部屋にいると、鍵っ子だった子供のころを思い出してしまう。ランドセルからぶら下げた鍵でアパートの玄関を開ける。ただいまと言っても、おかえりとは返ってこなかった。

期待していた胃がかすかに不満の音を鳴らす。とりあえず水野に連絡をして何時に帰ってくるか確認しよう。それによって先に食うか、待つか決まる。ポケットから携帯を取り出したと同時に着信メロディが鳴った。水野かと思ったが、画面には『実家』と出ている。

『もしもし、慧一？』

聞き慣れた母親の声だった。

『うん、久しぶり』

『今いい？　元気にしてた？』

「いいよ。俺は元気。母さんは？」

問うと、あたしはいつも元気よと返ってくる。母親からは一ヶ月に一度くらいの割で電話がくる。内容は決まっている。元気か。仕事はがんばっているか。食事はちゃんとしているか。

『コンビニやインスタントばかりじゃ駄目だからね。野菜も摂らないと』

『わかってるって。つか社会人になった息子《むすこ》に言うことか？』

本当ねと母親は笑う。けれど次回もまた同じことを問う。そういうものなのだ。

阿久津は父親を事故で早くに亡くし、母親に女手ひとつで育てられた。家は裕福ではなかったが、小さな会社の事務をしながら大学までいかせてくれたことを感謝している。

子供のころ、忙しい母親に代わって家事を手伝おうとすると、それはお母さんの仕事だから慧一は子供の仕事をしなさいと言われた。子供の仕事ってなにと問うと、

――たくさん遊ぶことと、たくさん勉強すること。

しんどいことも多々あったろうに、母親から愚痴《ぐち》を聞いたことがない。いつも笑っている人だった。ひとり親のひけめを息子に感じさせまいと必死だったのかもしれない。

今でも覚えていることがある。避難命令が出るほどのひどい嵐の夜、大丈夫、大丈夫だからねと母親は阿久津の手を強くにぎりしめて震えていた。気丈な人だが、雷や台風は苦手だった。

――お父さんの代わりに、俺がお母さんを守らなくちゃいけない。

あの夜、自分の仕事がひとつ追加された。小学生ながら、しっかり母親の手を引いて避難所へ向かった。あの日を境に自分は変わった。しつこいセールスは追い返し、中学、高校と成長するにしたがい、母親も阿久津を頼りにするようになった。良く言えば男らしい、悪く言えば亭主関白と周りから評される自分の性格は、そういう家庭環境からできあがった。

社会人になってからは、母親に毎月仕送りをしている。水野には母ひとり子ひとりで育ったことは話したが、仕送りのことなどは言っていない。水野は自分の恋人で、自分は水野を支えてやりたくて同棲を申し出た。だから余計なことを言う必要はない。阿久津にとって恋人とは、自分が守らなくてはいけない対象なのだ。

『ああ、そういえば知ちゃんから知り合いのお嬢さんを紹介されたんだけど』

母親が思い出したように言い、今回の電話の主目的がわかった。知子おばさんは母親の従姉妹《いとこ》で、独身の男女に見合いを斡旋《あっせん》するのが趣味の人だ。

『知ちゃんは保険の外交してて顔が広いから』

『けど俺まだ二十四だぞ？』

『そうね。まあでも、母さんが生きてるうちに孫の顔見せてちょうだいね』

瞬間、背中がひやりとした。

『結婚すっ飛ばしていきなり孫か』

動揺をごまかすように笑い飛ばした。

『娘なら花嫁姿《はなよめ》が見たいって言うところだけど、花婿姿《はなむこ》見てもたいしておもしろくないじゃない』

母親も冗談で返し、じゃあ元気でやりなさいねと電話を切った。

溜息をつくと、ぬぐいきれない罪悪感で胸がふさがれていた。

母親にはゲイだと打ち明けてはいない。

水野と暮らしていることも、当然、話していない。

阿久津の成長だけを楽しみに、苦労して育ててくれた母親に、自分は一般的な形で応えることはできない。できるかぎりの親孝行をしたいと思っているのに、この先もずっと母親を騙《だま》し続けなければいけない。ひどい息子だ。さっきの電話でも、見合いはともかく孫という言葉に引っかかった。昔から女の影のない息子を、親として心配しているのかもしれない。

静かな部屋で、ソファの背もたれに頭を持たせかけて目をつぶった。

自分の性的指向を自覚した思春期のときから、この悩みはずっと自分の中に在り続ける。調子のいいときはこれが自分なんだと開き直れるが、悪いときは母親への罪悪感に沈む。それが少しずつ開き直りのほうにかたむいていったのは、水野のおかげだった。

クラブのイベントで、好みのやつがいるなと声をかけたのが最初だった。話していても楽しくて、その夜は水野の部屋に泊まらせてもらったけれどなにもしなかった。出会ったその日に寝てしまうには惜しい相手だと思ったのだ。

本気で惚《ほ》れるかもしれない。はっきりそう意識したのは、水野の飯を食べたときだ。味噌汁が母親の味に似ている。嫌になるくらいありふれたはじまりだった。

いまどきな見た目とは裏腹に、水野は誠実で情が深かった。水野の作る料理は水野自身に似ていて、キッチンでレシピを研究している水野の後ろ姿は、子供のころから見慣れた料理をする母親の姿に重なって、眺めていると懐かしい気持ちにすらなった。

長くつきあうということは、自分の心を少しずつ相手に明け渡していくことだ。自分のものと相手のものが混じり合い、喜怒哀楽も互いを通してふくらんだりしぼんだりする。ささやかだったきっかけを遥かに超えて、今では水野は自分の一部になった。

ソファの背に頭をのせたまま、目を開けると天井が映った。水野と暮らして二年目、ふたりの好みのもので居心地よく整えられた部屋。大きく息を吐き、はずみをつけて立ち上がった。考えても解決しないいなら、母親を騙してまで選んだ暮らしを大事にしよう。

夢であるフードスタイリストへの足掛かりをつかんで、水野は張り切っている。仕事中なら連絡ができないこともある。そこはお互いさまだ。疲れて帰ってくるだろうから、食事の支度をさせるのもかわいそうだ。ピザ屋に電話をかけ、水野の好きなシーフードピザとサラダを頼んだ。

ピザが届いてから十分ほど遅れて、水野が帰ってきた。

「悪い。現場でトラブっちゃって連絡できなかった」

一番に謝る水野を、阿久津はお疲れさんと笑って出迎えた。

「ピザ取ったんだ？」

「ああ、光流も疲れてると思って」

「ありがとう。けど冷蔵庫見てほしかった。いつも作り置き入れてるんだし」

水野はキッチンへいった。すぐに包丁を使うリズミカルな音が聞こえてくる。戻ってきた水野の手には、ピザ屋のものとは比べられない色彩豊かなサラダがあった。

「サラダならあるぞ？」

「ピザはともかく、サラダの出前は許せない」

「そりゃ悪かった」

よかれと思って頼んだのに、感謝より文句かとわずかにむっとした。水野はこちらの不機嫌には気づかず向かいに座り、阿久津の飲みかけの缶ビールをグラスに注いだ。

「あー、にしても今日は疲れた。もう本当にサイテーだった」

おつかれさまとグラスを合わせたあと、水野は今日の出来事を話しはじめた。スタジオ入りしてから、打ち合わせにないことを言い出すプロデューサーに水野の師匠も半ギレで、現場の空気がぴりぴりして大変だったらしい。気疲れしたんだろうことはわかる。

——けど、俺だって疲れてるんだけど。

阿久津は外でも家でも愚痴は言わない主義だ。外では弱みを見せたくないし、家では守るべき対象に心配をさせたくない。理由はちがっても、言わないという点では同じだ。

言わないけれど、甘えたい気持ちはある。今夜は水野が作ってくれる食事を楽しみにして帰宅した。もちろん食事そのものではなく、食事が象徴するそれら。灯《あか》りがついた部屋、おかえりと出迎えてくれる恋人の笑顔、あたたかな料理の湯気。阿久津が思う幸せの形がそこにある。

「なあ、聞いてる？」

視線を上げると、ぶすっとしている水野と目が合った。

「俺もがんばってるんだから、飯とか作れないの少しわかってほしいんだけど」

「誰も飯のことなんか言ってないだろう？」

阿久津は首をかしげた。

「でも怒ってるじゃないか。話も聞いてないし」

俺だって大変だったんだよ——と言いたかった。あちこち頭を下げ、後輩を励まし、やっと帰りついた恋人と暮らす家には灯りもついていなかった。そんな愚痴は言わないけれど。

「悪かった。ちゃんと聞く。なに？」

「もういいよ」

水野はなげやりにピザをかじる。

「これって味噌汁パターンなのかな」

「味噌汁？」

「なんでもない」

水野は困ったもんだと言いたげな顔でサラダを取り分ける。そんな顔をされるようなことを自分がしたとは思えない。愚痴は言わないが、さすがに腹が立ってきた。

「ごちそうさま、風呂いってくる」

「おい、サラダ食べろよ。せっかく作ったのに」

「俺もせっかくピザを取ったぞ」

せっかくにアクセントをつけて風呂へいった。せこい嫌味を言った自分にげんなりしつつ、しかし今夜は向こうが悪いので謝りたくない。風呂から上がってドライヤーを使っていると、洗面所の鏡越しに水野が映った。そろそろと近づいてきて、後ろから抱きついてくる。

「さっきはごめん。俺が約束やぶったのに、あの態度はなかった」

素直な言葉と、熱された肌にひんやりとした腕が心地よかった。鏡越しに目が合う。バツの悪そうな表情がかわいく、さっきまでのわだかまりが朝靄《あさもや》のように消えていく。

「いいよ、俺も悪かった」

ドライヤーを切り、ほっそりとした腰を抱き寄せてキスをした。薄く開いた唇を割って舌を差し入れる。小さく鳴る水音を聞きながら、腰から尻《しり》へ、そろそろとなでていく。

「しようか」

耳元でささやくと、いいけど……と水野が照れ隠しに唇をとがらせる。

「じゃあ俺も風呂いってくる」

音の立つキスを残し、水野はさっさと服を脱いで風呂へいった。

先にベッドに入り、携帯で企画のチェックをして待った。風呂のドアが開く音が聞こえ、続けてドライヤーの音が聞こえてきた。以前は濡《ぬ》れ髪のまま急いで戻ってきたものだが、今はちゃんと乾かす。それは正しい感じがするし、正しさはセックスをつまらなくさせる。

でも悪くない。危うさの代わりに安心が生まれた。

——つきあってもう四年だしな。

考えていると、水野が寝室に入ってきた。腰にバスタオルを巻いただけの格好で、ベッド脇までくると、阿久津の手から携帯をつまみ上げた。

「こんなときに携帯見るな」

「おまえもドライヤーしてただろう」

「それが？」

「色っぽくない」

「でも乾かさないと風邪《かぜ》ひくし」

「俺もこれをチェックしないと明日慌てることになる」

えーと唇をとがらせる水野に、お互いさまだと笑った。

「ほら、早くこい」

バスタオルを取り上げ、水野をベッドに引っ張り込んだ。きちんと乾かされた髪からシャンプーの香りがする。笑いながらキスをして足をからめる。正しいセックス。

水野とのセックスはいい。重ねた年月の中で、どこをどうすればよくなるのか、今では自分よりも相手のほうが知っている。慣れがいくつかの手順を省かせる。それでもちゃんと一番高いところに到達できる。行為のあとは、水野を胸に抱き込んでうとうとした。

「なあ、前にしたのいつか覚えてるか？」

ふいに水野がたずねてきた。

しかし頭はもう働くのを拒否している。

「……いつだったかな」

「一ヶ月と少し前」

なんとなく責められている気がした。確かに以前と比べれば回数は減った。けれど四年も経てばこんなものだろうと思う。水野のやわらかな髪に鼻先を埋《うず》めた。

「大丈夫、ちゃんと好きだよ」

深く考えることなく、砂糖細工の言葉で恋人をくるんで目を閉じた。

25 years old

【水野光流】

「なんか最近、どんどん回数が少なくなっていく」

アルコールの勢いで訴えると、そりゃそうだろうと返ってきた。

「つきあって五年だろう。うちなんて半年でもう減少傾向だぞ」

ワイングラスを手に友人たちが笑う。二丁目に近いゲイばかりが集まるスペイン料理店は、同じ種類の男たちの話し声と食欲をそそる匂いであふれている。

「半年で減るって早すぎだろ。別れ一直線って感じ」

「そうなのかね。まあいいけど」

いいのかよとまた笑いが起き、みんながそれぞれ自分の話をはじめる。恋人ができたばかりの友人は、好きだし会えば寝るけれど、実を言えば身体の相性はよくないと言う。逆にたいして好きじゃなくてもセックスは最高という相手もいるし、難しいよなあと話が盛り上がる。

「けど光流と慧一みたいに身も心も最高でも、長くつきあってると結局しなくなるんだよな」

「まあしかたないだろ。一緒に暮らすとときめきはなくなる」

「一緒に暮らさなくても、セックスは慣れるとつまらなくなる」

「五年もつきあって、さらに一緒に暮らしてる慧一と光流は絶望的だな」

みんな好き勝手なことを言う。なんだよとぶすくれると、まあまあと慰められた。

「安定の裏返しだと思えば悪くないだろ。家族とはセックスしないもんだし」

「ああ、光流と慧一って恋人というよりもう家族だよな」

「うん、ときめきはないけど安定感はすごい」

「けど俺たちの年で安定して、この先ずっともつのかね」

「光流と慧一の場合はもつだろう」

「でも退屈そう。俺は生涯のパートナーには三十五歳あたりで出会いたい」

「いろいろ経験して、納得して、観念するのがそのあたりか」

「あー、観念。その言い方はぴったりくる」

いろいろな意見が出る。答えは出ない。テーブルの横をチュレトンの皿を手にウェイターが横切っていく。肉の焼ける香ばしい匂いに来週のメニューを考えた。

——慧一の誕生日、早く帰って飯作ろうと思ってるんだけど。

そう言ったのは今朝。阿久津はえっと朝食の皿から顔を上げた。

——仕事、大丈夫なのか?

——うん、実はもう先生に頼んでＯＫもらってる。

指でＯＫマークを作ると、阿久津はひどく嬉しそうな顔をした。最近仕事が一段と忙しく、朝食くらいしか一緒に食べられていない。比例して夜のほうも少なくなっている。さすがにこのあたりで潤いを補給しなければやばいと感じていたので、誕生日はグッドイベントだった。

——慧一、なにが食べたい？

——光流が作ってくれるものならなんでも嬉しい。

ちりちりとフリルのように白身の縁が焦げ、黄身は半熟のままのサニーサイドアップを阿久津は上機嫌でつついていた。嬉しそうな阿久津を見ているとこっちも嬉しくなる。

なにを作ろうかな。幸せな気分で考えた。阿久津が好むのは、絶対的においしいポイントよりもやや濃い目の味。そしてできれば和食。きっと母親の味なのだろう。

阿久津は父親を早くに亡くし、母親に育てられたと聞いている。わざわざ口にはしないが、母親を大事にしていることは伝わってくる。クリスマスにふたりでデパートに出かけたとき、ふいに女性用小物コーナーで立ち止まり、品のいい茶色の手袋をじっと見ていた。きっと母親に贈ろうか考えていたのだ。そういう愛情深いところも好ましかった。

どんなおふくろの味を作ろう。おふくろとはどっしり構えているものだから、余計なひねりは加えないほうがいい。けれど手間は惜しまず丁寧に——。

「なにニヤニヤしてんだよ」

えっと視線を上げると、みんながこちらを見ていた。

「今夜ベッドですごいことしようとか考えてたんだろう」

「ばーか。来週慧一の誕生日だから、なに作ろうか考えてただけだ」

一斉にわざとらしい溜息をつかれた。

「さっき回数がどうのってぼやいてたの誰だっけ？」

「夫婦喧嘩《げんか》は犬も食わないってやつだな。俺らは犬以下だ」

ごめんごめんと、水野はみんなのグラスにワインを注いでいった。

誕生日当日は朝から前のめりで仕事を進めた。夕方になり、そろそろ上がる時間だなと腕時計を確認した。つきあって初めての誕生日に慧一からもらったもので、肌触りのいい革のバンドは使うほどになれていく。無意識ににやけていると、若いADが走ってきた。

番組内の料理コーナーにゲスト出演するタレントのスタジオ入りが大幅に遅れるという知らせで、収録時間に合わせて下準備をしていた料理は無駄になった。

「水野くん、ごめん。悪いんだけど急いで食材の用意し直して」

「え、でも」

「わかってる。早上がりの予定なのにごめん。でもお願い。食材だけでいいの。あたしはこのあと雑誌のインタビュー入ってるし、そっち終わったらすぐに戻ってくる」

手を合わせて拝まれてはうなずくしかなかった。片倉が慌ただしくスタジオから出ていき、水野は食材調達に走った。撮影に使える大きさの殻つき牡蠣《かき》がなかなか見つからず、片倉の知り合いの料理店に片っ端から電話をかけてようやくわけてもらえた。

インタビューを終わらせた片倉が、今日のお詫《わ》びと言ってお得意のオレンジタルトを持たせてくれた。2と5のキャンドルつけておいたからと言われて、ケーキを作る時間がなかったので本当に助かった。しかし考えていた料理は作れそうにない。

しかたないので、おいしいと評判のテイクアウトの店で阿久津の好きそうな和食の惣菜《そうざい》をいくつかと、見た目が華やかな洋風のオードブルも買って帰った。マンションに帰ってから、大慌てで料理を皿に移し替えていると阿久津が帰ってきた。

「おかえり。慧一、誕生日おめでとう」

「ただいま、ありがとう」

玄関でキスを交わしたところまではよかったのに、テイクアウトのボックスが並んでいるテーブルを見て阿久津は首をかしげた。心臓がきゅうっと縮む。

「……あの、ごめん。タレントさんのスタジオ入りが遅れて、準備がやり直しになったんだ。急いで材料揃《そろ》えに走ったんだけど、撮影に使える牡蠣がなかなかなくて……」

阿久津の表情に落胆が広がっていき、説明する声も小さくなっていく。

「そっか、お疲れさん」

阿久津は無感情に言い、ふうっと息を吐いてネクタイをゆるめた。怒っている。そりゃあそうだろう。自分から言い出して、期待させて、がっかりさせた。それも誕生日に。

「慧一、本当にごめん。日を変えてやり直すから」

「いいよ。光流も疲れてるだろう。あるもんで食おう」

阿久津は不機嫌顔で寝室に向かった。

「……ごめん」

最低な気分でテイクアウトの料理を並べていると、着替えた阿久津が戻ってきた。奮発したモエを開け、シャンパングラスに注いだ。金色の泡がはじけてふくらむ。

「えっと、じゃあ、ちょっと料理はあれだけど誕生日おめでとう」

努めて笑顔を作ると、阿久津もありがとうと答えた。気を引き立たせるように、いろいろと話しかける。阿久津も答えてくれる。けれど空気がぎこちなくて会話は盛り上がらない。ほとんど手をつけないまま、ごちそうさまと阿久津は手を合わせた。

「もう終わり？　ほとんど食ってない」

「胃が光流の飯になってたからな」

すごい嫌味だった。

「……だから、ごめんって言ってるのに」

思わず不満がこぼれてしまった。

「俺はなにも責めてないだろう？」

「責めたよ。胃がって」

「その程度で責められてるように思うのは、おまえが後ろめたく感じてるせいだ」

突き放すような言い方に、理不尽さが込み上げた。今日のことは自分が悪い。だから何度も謝っているし、こんなに後ろめたく思っているんじゃないか。わかってくれよ。

――もう一週間も家で味噌汁を飲んでないんだけど。

――そんなに飲みたいなら自分で作ればいいじゃない。

ふと片倉の離婚の経緯を思い出した。あのとき自分は、旦那《だんな》さんはそれほど片倉の飯が好きだったのだと言い、片倉は笑った。

――でも自分がいっぱいいっぱいになると、愛はエゴに変わるのよ。

今ならわかる。予想外のアクシデントで駆けずり回り、ケーキの箱を揺らさないよう注意しながら走って帰ってきて、できるかぎりのことをしようと準備した。なのにまた頭を下げている。

阿久津の喜ぶ顔を想像して、張り切っていた自分がみじめに思えてくる。

シャンパンの泡みたいに、小さな不満がぱちぱちと音を立てはじめる。

「……慧一はさ、俺が仕事してる男だってわかってる？」

ぼそりと問うと、阿久津は眉をひそめた。

「いきなりなんだよ」

「俺も働いてるんだし、そのあたりのことわかってほしいんだけど」

「わかってるけど？」

阿久津は怪訝《けげん》そうな顔をした。

「でも今日だけじゃなくて、毎回似たようなことで喧嘩になるじゃないか」

「今日のことは今日のことだろう。一緒にするなよ。久しぶりにおまえが飯作るって言うから、俺は楽しみに帰ってきたんじゃないか。それのなにが悪いんだよ」

「悪くない。俺だってせっかくの慧一の誕生日だし張り切ってたよ。結果はなにもできなかったけど、でもうっかりしてたとかじゃない。仕事してたらこういうことあるって慧一だってわかるだろ。なのにずっとそんな態度で気分悪いじゃないか」

阿久津は不愉快そうに眉根を寄せた。

「じゃあ、俺はどうすればいい。誕生日にできあいの飯出されて、でもおまえもがんばってるんだよなってニコニコ笑ってお疲れさまって言えばいいのか？」

「そこまで言ってないだろ」

「俺は別に凝ったものなんかなくてもいいから、味噌汁ひとつでもいいから光流が手をかけたものが食べたかったんだよ。ただそれだけだ」

阿久津はテーブルに残った料理をいまいましそうに眺めた。実際、味噌汁ひとつ出されたら、それはそれで怒るくせにと思った。

「やっぱり味噌汁か」

「なんだよ」

「なんでもない」

「前も味噌汁がどうとか言ってただろ。気になるから言えよ」

「うちの先生、味噌汁が引き金で離婚したらしい」

「は？　離婚？」

阿久津が眉をひそめる。

「意味がわからない」

「俺はわかる」

「じゃあ説明してくれ」

「お互い仕事してるのに、味噌汁を作るのは相手だと決めつけてることが問題なんだ」

「つまり？」

「おまえは、家事だけしてくれる嫁がほしいの？」

阿久津が目を見開いた。

一秒、二秒、沈黙が続く。

「……そうか。俺がおまえの飯を食いたいって言うのを、おまえはそう受け取るんだな」

阿久津の表情も声も完全にあきれていた。デリの料理が盛られた皿、つややかなナパージュに覆われたオレンジタルト。2と5のキャンドル。泡の消えたシャンパンを順番に見たあと、阿久

25
Rutilet

津は立ち上がった。寝室へいき、戻ってきたときにはジャケットを羽織っていた。

「どこいくんだよ」

「これ以上一緒にいても余計こじれる」

「誕生日なのに？」

「これが？」

阿久津はちらりと食卓に目をやった。

「サイテー」

「俺もそう思う」

阿久津は肩をすくめてリビングを出ていった。玄関の閉まる音。

阿久津は怒ると逃亡する癖がある。ちょっとした言い争いなら風呂やベランダ、本気で怒っているときは家を出ていく。ねちねち引きずる男ではないので、しばらくしたら帰ってくる。水野の好きなマカダミアンナッツの入ったバニラアイスを土産《みやげ》に――。

水野が特にアイスクリームを好きだというわけではなく、最初の喧嘩でそれを手土産に帰ってきたことから、いつの間にか、なんとなく、仲直りのルールのように定着してしまった。

五年もつきあっているのだ。パターンはわかっている。

テーブルを片づけているうちに、ゆっくりと頭が冷えていく。最後の言葉はさすがに言いすぎだった。ただ少し、自分も大変なのだとわかってほしかっただけだ。けれど誕生日に言うことではなかった。水野は残ったシャンパンを飲み干し、よしとつぶやいた。

棚から煮干しと昆布《こんぶ》を出し、丁寧に出汁を取った。阿久津が帰ってきたらすぐに味噌汁を出せるようにして待ったが、十時を過ぎても阿久津は帰ってこない。

しかたないのでシャワーを浴び、髪を乾かしてからベッドに入った。寝ている間に阿久津は帰ってくるだろう。水野を起こさないよう、そっとベッドに入ってくる。自分は寝ぼけたふりで阿久津に抱きついて、ごめんと言おう。それからちゃんと起きて、ふたりで真夜中のアイスクリームを食べてキスをする。それでいつも通りだ。仲直りして、誕生日はまたやり直そう。

なのに翌朝、目覚めた自分の隣に阿久津はいなかった。

ああ、これは相当怒っている。遅ればせながら焦りが込み上げてくる。とりあえず仕事に出かけ、帰りに反省の意味を込めて夕飯の材料を買い込んで帰宅したが、部屋はしんとしていた。クロゼットから阿久津のスーツは減っていない。平日で会社があるのにおかしい。

電話をしたがつながらず、その夜も阿久津は帰ってこなかった。次の日も連絡はつかず、なにがあったのか心配でおかしくなりそうな三日目、ようやく阿久津は帰ってきた。

「別れよう」

そう言われたとき、本当に意味がわからず呆然《ぼうぜん》とした。

阿久津はきっぱりと水野の元から去っていき、一年後、女と結婚した。

27 years old

【水野光流】

片倉のアシスタントについて三年目、最近はそこそこの仕事なら任せてもらえるようになった。自分の判断とセンスでことを進められるのはやりがいがある。

「光流ちゃん、時間あったらちょっとどう。いい店見つけたんだよ」

打ち合わせのあとデザイナーから飲みに誘われ、いいですね、でもまだ仕事あるんですと答えた。じゃあまた今度、はいぜひ、と愛想よく頭を下げて取引先を出る。

薄い青色に沈んだ夕方のオフィス街を駅へと歩いていく。今夜は小久保《こくぼ》と約束があった。料理と器という企画で片倉とコラボをした陶器デザイナーで、お互いにゲイであることをかくしてもおらず、少し前から口説《くど》かれるようになった。

小久保はこちらの業界にも詳しく、話をしていて楽しい。いい感じだと思う。なのに決め手に欠けるまま、食事や酒を飲むだけの関係が続いている。

「甘い蜜《みつ》を吸うだけ吸ってポイなんて、大人の仁義に反するんだからね」

小久保との仲は片倉にも知られていて、きっちり釘《くぎ》を刺されている。

去年、片倉は恋人を若い女の子に略奪された。しかし貢《みつ》がせるだけ貢がせたあと片倉の恋人は捨てられ、復縁を求めてきた恋人に片倉は平手打ちをくらわし、そのあとなぜか一緒に暮らしはじめた。以前なら信じられなかったろうが、恋愛は杓子定規にはいかないものだと今は思う。

片倉に言われたからではなく、小久保のことはそろそろ決めなくてはと思っている。二十七にもなってだらだら気をもたせるだけの態度はみっともない。自分がなにをほしいのか、自分では決められませんと言っているのと同じだからだ。けれど、じゃあなにがほしいかと問われると、仕事以外のことはよくわからない。最近、恋愛方面のアンテナは錆《さ》びつきっぱなしだ。

——すごく好きじゃないけど、絶対寝たくないほど嫌でもない。

なんとも半端なことを考えていると、当の小久保からメールが入った。

《ごめん。仕事が終わりそうにない。今夜はキャンセルにしてください》

これはタイミングがいいんだろうか。悪いんだろうか。判断に迷うところだが、とりあえず結論が先延ばしになったことにほっとしている自分がいて、あーあと溜息がこぼれた。答えが出てしまった。これじゃあ恋に発展しようがない。

空いた時間をどうしようか考えていると、続けてメールが入った。

《お疲れさん。『才』の大将から伝言。今日はいい平目《ひらめ》が入ってる》

阿久津だった。これはタイミングがいいのか。それとも悪いのか。考えてみたが、さっきとはちがい、さっぱり答えが出なかった。

《平目いいな。近くにいるから今からいく》

返信をして、才へ向かうために引き返した。

刻々と暮れていく冬の街を、ポケットに手を突っ込んで大股《おおまた》で歩いていく。赤信号で止まり、青信号でふたたび進み、フラワーショップの角を曲がる。夕方から夜に移っていくこの時間帯はなんだか世界の隙間《すきま》みたいで、ふいに道を見失いそうになる。

阿久津とは五年つきあい、二年前にふられ、今は友人づきあいが続いている。

合計七年――。

二年前、まさか阿久津と別れることになるとは思わなかった。あのときはひどく取り乱し、何度も謝ったが、阿久津の気持ちは変わらなかった。それでも別れたくないとしつこく電話やメールをして、阿久津が嫌なら仕事は辞めるとまで言った。思い出すと恥ずかしさで死にたくなる。若さの勢いとはいえ、あんな情けない自分は知りたくなかった。

それほど、阿久津が好きだったのだ。

料理の仕事をしているのに食欲が落ち、体重が減った。さらに味覚が極端に鈍った。なにを食べても味がしなくなった。あれにはショックを受けた。精神的なもので味覚が変わるのは知っていたけれど、自分がそんなふうになるとは思わなかった。

仕事中はこらえられても、ひとりの家に帰ると不安に襲われた。毎晩飲み歩いて、一度ならず友人たちに迷惑をかけた。泥酔した翌朝、頭痛で死にそうになりながら、かけがえのないものを失ったことを嫌というほど思い知らされた。

あのころの水野を支えてくれたのは仕事だった。味覚が鈍っても、片倉から渡されたレシピ通りに材料を準備し、刻み、味つけをすれば料理ができあがった。美しい色彩、歯触り、舌触り。それらは失った世界に通じる扉だった。泣きべそをかきながらひとつずつ扉を開け、そのうち味覚が戻ってきた。わずかな塩の量の差がわかったとき、安堵のあまり涙がにじんだ。

それからは、少しずつ以前の調子を取り戻していくことができた。

そんな中、阿久津との再会という皮肉な出来事が起きた。

阿久津が勤める食品会社で、自社商品を使ったレシピサイトを立ち上げることになり、そのレシピ作成の依頼が片倉にきた。レシピはもちろん片倉が練るが、事前の打ち合わせ、実際の調理、スチール撮り、チェックなどはアシスタントである水野の仕事で、広報企画部の担当者である阿久津とは週に一度は顔を合わせることになった。

片倉は水野が恋人と別れたことは知っていたが、それが今回の仕事の担当者だとまでは知らなかった。知っていたとしても、配慮してくれとは口が裂けても言えない。

動揺しまいと決めていたのに、実際に顔を合わせると駄目だった。他人の目で見る阿久津は、悔しいが魅力的だった。親しみと頼りがいのある笑顔、やる気にあふれた挨拶。必死で忘れようとしていたのに、すごい速度で引き戻されていく心をつなぎとめるのに精いっぱいだった。

――では、資料の説明からさせていただきます。

阿久津が手元の資料をめくったとき、心臓がびくりと大きく跳ねた。

阿久津の左手の薬指に、シンプルなプラチナリングがあった。

別れて一年、阿久津にはもう新しい恋人がいる。

すうっと頭から血の気が引いていった。座っているのに足元がぐらぐら揺れている。心臓が激しく鳴り、自分を底から揺り返している。ああ、やばい。動揺が限界に達した瞬間、ぱちっと別の部分のスイッチが入った。

初回だけは片倉も同席していて、あとで聞いたら、「え、ちゃんとしてたわよ？」と言われたので安心した。手順を呑み込み、わからないところは質問をし、愛想もよかったらしい。どこかが徹底的に壊れると、ちがうどこかがそれを補うように動き出すのだろうか。

次の打ち合わせからは、必死で平静を装った。傷ついている自分を見せたくない。できるやつだと思われたい。ひとつのミスもないよう細心の注意を払い、さらにユーモアをまじえた進行を心がけた。意地であり、プライドであり、自分をふったことを後悔させたかった。

そう思えば思うほど、阿久津の左手が見られなくなった。見ないように、見ないように。迂闊《うかつ》に見て傷ついたりしないように。打ち合わせが終わるとぐったりしていて、自分はなにをしているんだろうと空《むな》しくなった。つまり、見事にぐちゃぐちゃだったのだ。

一方で新設したサイトは好評で、接待の席が設けられた。広報企画部の課長と阿久津、片倉と

水野でなごやかに食事は進み、二軒目のバーでも盛り上がり、それぞれの上司を見送ったあと、別れた日以来、初めて阿久津とふたりきりになった。

「タクシー？」

阿久津が聞いてくる。

「いや、まだ電車あるから」

「そうか。俺もだ」

なんとなく並んで駅へと歩き出した。ちょうどクリスマス時期で、青白いＬＥＤライトで飾られた並木道が別れた恋人たちを嗤《わら》っているかのように煌《きら》めいていた。

「まあ、元気そうでよかった」

無言が嫌でとりあえず話しかけると、

「ああ、おまえも」

と阿久津が答え、瞬間、ひどく腹が立った。地べたに叩《たた》きつけられた状態から、ようやく立ち上がれたところだとぶちまけたかった。けれど、そんなみじめなことを訴えてどうなるだろう。自分を貶《おとし》めるのは嫌だ。これからも仕事は続く。

「彼氏、どんな人？」

ほとんどやけっぱちで聞いた。だらだらといつまでも血が止まらない。そんな毎日はもううんざりだった。殺《や》るならひとおもいに殺れ。そのほうがすっきりする。

「いるんだろう?」

なかなか答えない阿久津にいらいらして、立ち止まって聞いた。

阿久津も立ち止まり、それでも少しの間ためらったあと、ぼそりと言った。

「結婚したんだ」

頭の中に真っ白い絵の具をぶちまけられたように感じた。

ぽかんと固まっている自分は馬鹿みたいに見えただろう。

「女と?」

その質問も馬鹿げていた。すぐに気づいて、そっか、そりゃそうだよなとつぶやいた。ああ、もっとなにかきちんとしたことを言わなくては。必死で考えた挙句。

「おめでとう」

馬鹿が極まった。青白いライトに飾りつけられたクリスマスの並木道で、真面目《まじめ》な顔で、馬鹿の上に間抜けを重ねたような会話を交わしている。絶望的な気分で歩き出した。

「電撃だな。運命でも感じたのか?」

内心とは裏腹に、問う声は落ち着いて響いた。

「見合いだよ」

「見合いでも、ひと目で恋に落ちることはあるだろ」

「そりゃあ、あるけど」

「おまえが女とつきあえるって知らなかった」

「ああ」

曖昧《あいまい》にうなずいただけで、阿久津は弁解しなかった。もう弁解する仲でもない。

駅にはすぐについてしまい、じゃあまた、と阿久津は水野とは別の沿線に歩いていった。恋人がいると覚悟していた。けれど、まさか女と結婚とは思わなかった。力尽きた動物みたいに、その場にしゃがみ込んでしまいたかった。泣きたかったし、笑いたくもあった。

望んだとおり、ひとおもいに殺られた気分だった。

達人が斬ると、ほとんど血が出ないという。まさかと思っていたけれど、涙がでてこないので本当なのかもしれない。けれど痛くないわけじゃない。絶命寸前だ。

斬られた面と面をくっつけて、なんとか歩きだしてホームに上がった。阿久津はもう電車に乗ったろうか。今から帰ると家に電話をしているかもしれない。

——奥さんに電話を……。

瞬間、血が吹き出した。映画みたいに鋭い弧を描いて飛び散っていく。

阿久津が今から帰る家には妻がいる。切れ味のよすぎる刀のような現実だった。

それからも打ち合わせで週に一度は顔を合わせた。意地でも崩れてはやらなかった。片倉がレシピ協力を仰《あお》いだ飲食店へ取材のためにふたりで出向くこともあったし、何度かそういうことが続いたあと、流れで一杯飲みにいくこともあった。

断るのは嫌だった。意識していると思われたくなかったのだ。平然と友人のふりを続け、奥さんは元気かとどうでもよさそうに聞いてみたり、自分を口説いてくる男の話をしたり、冷やかされたり、冷やかしたり、そのうち友人のふりも板についた。本当に馬鹿げている。

考えながら歩いているうちに目的の店についた。

「いらっしゃい」

盛り塩がしてある店はなんとなく信用が置ける。冬でも清々《すがすが》しさを感じさせる紺の暖簾《のれん》をくぐって中に入ると、顔なじみになった大将が声をかけてくれる。阿久津はカウンターの奥に座っていて、軽く手を上げて合図を送ってきた。

「日本酒か。ビール党が珍しい」

コートを脱ぎながら言った。阿久津の手元には猪口《ちょこ》がある。

「今日は寒かったからな」

「だな。大将、俺も熱燗《あつかん》。えーっと……南部関《なんぶぜき》。あとおすすめの平目」

ありがとうございますと大将がうなずいた。

「こんな早い時間から飲んでるなんて珍しいな」

「出張帰り。大阪いってた」

「こないだ言ってた食フェス関係？」

それそれと阿久津がうなずく。熱燗がきて、軽く乾杯してから飲んだ。すっと鼻に抜けていく香り。液体の形をした熱が、喉《のど》を焼きながら胃に落ちていく。じわりと身体の内側から熱くなる感覚が心地いい。「うまい？」と阿久津が聞いてくる。

「うまいよ。熱燗向きの酒だな」

「少しくれ」

阿久津が自分の猪口を出してきたが、水野は大将に新しい猪口をもらった。

「同じ猪口使ったら、味が混じってわからなくなるだろう」

「そんな微妙な差わからないからいいんだよ」

「だったら飲んでもわからないな」

「意地の悪いこと言うなよ」

阿久津が水野の徳利《とっくり》を取り上げる。

「水野さんがくると、阿久津さんが元気になっていいですねえ」

大将が言い、水野は隣を見た。

「元気なかったの？」

「そんなことはない。大将の思い過ごしだ」

阿久津はカウンターに向かって軽く顔をしかめてみせた。大将はおかしそうに笑っている。自分がくる前になにかあったのかもしれないが、わざわざ聞かなかった。

ポケットの中で携帯が震えた、確認すると小久保からで、思ったより早く仕事が片づいた。まだ間に合うだろうかというメールだった。好きとか嫌い以前に、タイミングが合わない男だと感じた。ごめん、今日はもう無理と簡単に返事をした。

「仕事?」

問われ、いいやと首を横に振った。

「じゃあ彼氏か」

ないない、と笑って自分と阿久津の猪口に酒を注いだ。

「でも、いい感じのやつがいるって前に言ってただろう」

「ああ、でもやっぱりいいやと思って」

なんでと問われ、水野は頰杖で考えた。

「なんか壊れたオーブンみたいな感じというか」

「よくわからないたとえだな」

首をかしげる阿久津とは対照的に、大将がわかりますようなずいた。

「ふたりで会ってても、なかなか気持ちの温度が上がらないってことでしょう」

「そう、それ。本当は今夜も会う約束してたんだけど」

「え、もしかして俺が割り込んだ?」

「向こうの仕事が終わらなくてドタキャンされたんだ」

「ならよかった。責任感じるところだった」

あのなあと水野はあきれ顔で阿久津を見た。

「いまさらおまえと会うためにデートをキャンセルしないよ」

「それもそうか」

阿久津は納得したようにうなずき、猪口をぐいと飲み干した。次はなににしようかと酒のメニューを眺め、「国権《こっけん》、ぬる燗で」と注文した。はいと大将が答える。

「国権は水野さんもお好きですよね。阿久津さんと舌が似てるんですかね」

「いやいや、俺のうまいまずいはだいたいこっちの影響だから」

阿久津が水野を指さす。そういえば、ぬる燗ならこれと以前に言ったことがあった。阿久津は小さなことをよく覚えている。それが嬉しいような、さびしいような、空しいような——。

人肌の酒は頭をぼんやりさせる。阿久津とふたり、しばらく無言で大将の手元を眺めた。カウンター越し、ねこ柳のまな板の上ですらりすらりと切られていく平目。

「刺身《さしみ》って色っぽい食べ物だよなあ」

「わかる。半透明の身に、皮際に走る紅が艶《つや》っぽいんだよ」

どうでもいいことをだらだらと話せる相手は貴重だ。

話さなくても気づまりを感じない相手はもっと貴重だ。

阿久津はどちらもクリアしている。

別れても友達というと、ありえないと言われる。どちらかに未練があるのだ、もしくはさばけた自分たちに悦に入っているのだと。そうかもしれないし、ちがうかもしれない。当事者である水野自身にもよくわからない。ただ、阿久津と過ごす時間は昔も今もあまりに自然で、どうして自分たちは別れたんだろう、とたまに不思議に思うときはある。

月に二、三度会って、酒を飲み、どうでもいい会話を交わして別れる。それをもう二年ほど繰り返している。今夜も二時間ほど才で過ごし、いい酔い加減で店を出た。

最寄り駅まで歩いて、沿線がちがうので改札の前で別れる。

「じゃあまた。奥さんによろしく」

いつもなんとなく会い、なんとなく別れる。

阿久津に背を向けて歩いていく。日本酒のおかげで身体の中からあたたかい。ゆるんだ気持ちのまま、つい振り返りたい衝動にかられる。けれど一度も振り返ったことはない。別れてもう二年が経つのに、奥さんの元に帰っていく阿久津の背中を見るのは嫌だった。

改札を抜けてホームに上がり、やってくる電車に乗り込んだ。

いつも別れ際に感じる、この気持ちはなんだろう。まだ好きなのだと言ったら簡単だし、誰もが納得するだろう。けれど、やっぱり、そうじゃない。終わったこと自体はもう受け入れている。ただなんとなく、言葉にできない類《たぐい》の気持ちがあって、それは万人にわかりやすい言葉の形を成していない。ひとつ言えるのは、後悔は確実にあるということだ。

――おまえは、家事だけしてくれる嫁がほしいの？

絶対に口にしてはいけない一言というものがあって、阿久津をまだ好きとか、もう友達とかいう次元を超えて、あの言葉は自分にとって一生の悔いになると思う。

阿久津と別れてから、新たに恋をする機会は何度かあった。身体をつないだ相手もいる。けれど長続きしなかった。阿久津との別れを思い出すと、気持ちの輪郭がひやりとするのだ。

しょっぱさも、あまさも、感じなくなった舌。

自分の愚かさを完膚《かんぷ》なきまでに思い知らされた失恋だった。

自分は言ってはいけないことを口にして、五年もつきあったかけがえのない恋人を失った。痛恨の極み。最低だった。最悪だった。何度気持ちを真っ白にして、新しい相手と仕切り直そうとしても、また同じまちがいをしてしまったらという怯《おび》えがぬぐえない。

同じ速さと、深さで、気持ちがぴたりと惹《ひ》き合った。

今になってわかる。あんな恋は阿久津が初めてだった。

もうあんなふうに誰かを好きになることはない気がする。

さびしい一方で、二度とあんな恋はしたくないとも思う。

別れたとき、本当に苦しかった。苦しくて、苦しくて、死んでしまうかと思った。

あんな恋は、もう二度と——。

ゆらゆら、ゆらゆら。揺れる電車の中で吊革《つりかわ》につかまって目を閉じた。

【阿久津慧一】

「じゃあまた。奥さんによろしく」

水野はいつもあっさりと帰っていく。奥さんによろしくと言われても、よろしく伝えたことは一度もない。出会ったころと変わらない、薄い背中が角を曲がって消えた。

改札を通り抜け、乗り込んだ地下鉄のシートに座る。足元に置いた出張の荷物。ノートパソコンが重い。打ち合わせは不調だった。どうして役所というものは、ああ四角四面にしか物事をとらえないのだ。くそったれ。直帰の予定だったが、飲みたい気分で馴染みの『才』に向かった。不機嫌な酒は家で飲むものじゃない。

「いい平目が入ってるんで、水野さんを呼んでくださいよ」

ひとりで飲むつもりだったが、大将にそう言われてはしかたない――と言い訳しながら、沈んでいる自分への大将の気遣いだとわかっていた。

打ち明け話などせずとも、客の会話をカウンターの中の人間はちゃんと聞いている。何度か上司とも使ったが、ここの大将の観察力には感心する。自分と水野がゲイの元恋人同士だということも知った上で、たまに合いの手を入れたり、黙って聞き流したりする。常連だからといって変に馴れ馴れしくなることもなく、ここの大将の間の取り方は好ましかった。

大将の気遣いは功を奏し、水野に会って気持ちは楽になった。

けれどそれが良いことなのか、悪いことなのか、判断はつかない。

酔ってしまったのか、電車のゆるい振動に合わせて記憶が巻き戻されていく。

あれは、二年前の誕生日の夜だった。久しぶりに水野が料理を作ってくれるというので、朝から自分は浮かれていた。定時で会社を出て、家に帰る途中、母親から電話がかかってきた。

『慧一、誕生日おめでとう、今年も元気でやんなさい』

毎年、誕生日には必ず電話がくる。母親の言うことは昔も今も同じで、愛情という動機だけで繰り返されるそれには感謝するしかない。

『ありがとう。母さんも元気で。心臓よくないんだから』

母親は去年の検診で引っかかり、今は定期的に病院に通っている。

『はいはい、慧一が一人前になるまで元気でいなくちゃね』

母親の言う一人前とは、結婚して妻と子を持つことを意味する。母親の気持ちはわかる。感謝もしている。けれど折り合えない。とりあえず、そうだねと答えて電話を切った。

電話のあとは、いつも迷子《まいご》になったような気になる。

自分はこちらに進むと決めているのに、分岐の標識が定期的に出てくる。

右折しますか？

左折しますか？

こちらでいいですか？

心が揺れると、水野の顔を思い浮かべるのが常だった。自分はこちらに進むのだと強く思い決める。男が女を愛するように、女が男を愛するように、自分は男を愛する。自分にとっては当たり前のことを肯定するたび、母親への後ろめたさがつきまとう。

それから逃げるように、歩みは速くなる。早く帰ろう。水野が待っている。早く。早く。この罪悪感につかまって、方向転換させられてしまう前に早く帰ろう。

けれど、帰り着いた家で冷水を浴びせられた。

——おまえは、家事だけしてくれる嫁がほしいの？

すぐには怒りも湧かないほどあきれたし、五年もつきあってきて、いまさらそんなことを言われる自分が情けなかった。家事だけしてくれる嫁。そんなふうに思えるなら、いっそ楽だ。さっさと結婚して、子供を作って、母親からの電話にもあれほど罪悪感を覚えなくてすむ。

水野への失望は、薄いビスケットみたいに心をぱきぱきと割っていった。

家を出て、ネットカフェの窮屈な個室に逃げ込んだ。別れる気はなかったけれど、本気で腹を立ててもいた。水野が作ってくれる食事は、自分にとって単なる腹ふさぎや栄養以上のものなのだ。だからこそ最近は不満だった。

水野は念願だった仕事について張り切っている。それを邪魔するつもりはない。けれど自分が求める幸せ、と考えると少し様子がちがってくる。灯りのついた部屋。おかえりと出迎えてくれる笑顔。あたたかい料理。今どき古くさいと思うけれど、育った環境のせいか、自分が求める幸せはそういうものだった。けれど今、帰っても部屋は暗い。おかえりの声もない。

誰よりも水野が好きだ。別れたくない。

けれど自分がほしい幸せとは合致していないかもしれない。

このギャップが、少しずつ大きくなっていく。

いらいらと目をつぶると、頭の中にふたたび分岐の標識が現れる。

右折しますか？　左折しますか？

この恋愛を続けますか？　やめますか？

舌打ちをして、頭の中の標識を『やめない』ほうへと強引に向けた。

そろそろ家に帰ろう。水野だって本気で言ったのではない。自分にも足りないところがあるのだから、帰ったらちゃんと話をしよう。ああ、その前にコンビニでアイスクリームを買おう。コンビニの奥の冷凍ケースにある、少し高いマカダミアンナッツの入ったバニラ。それを手土産に帰ろう。水野はごめんと謝ってくれる。それが仲直りのルールで、それでもういい。いいことにしよう。

そのとき携帯が震えた。知らない番号だ。出てみると地元の病院からで、母親が救急で運ばれたと言われた。ネットカフェを飛び出し、新幹線に飛び乗って地元に帰った。まったく、なんて誕生日だ。呪《のろ》われているのかと思ったが、最悪の事態にはならずにすんだ。

「ごめんね。せっかくの誕生日に」

駆けつけた病院のベッドで、母親は青白い顔で笑った。

「お風呂に入ろうと思って立ち上がったら、急に胸がおかしくなったのよ」

「……苦しかった？」

間抜けな質問だった。我慢強い母親が救急車を呼んだのだ。苦しいに決まっている。二十五歳にもなって、急に小さい子供に戻ったかのように心もとなくなった。

「もう遅いから、帰りの電車ないでしょう」

「いいよ。家で寝る」

「鍵、開けっぱなしだわ」

「大丈夫だろ。大沢《おおさわ》さんもいるし」

阿久津の家は団地で、大沢さんは昔から隣に住んでいる母の友人だ。

「ああ、大沢さん、引っ越したのよ」

「え、そうなの？」

「大沢さん、一昨年《おととし》旦那さんが亡くなられたでしょう。それで嫁《とつ》がれた娘さんと一緒に暮らすことになったの。喜んでたわ。ちっちゃい男の子のお孫さんがいてね」

また結婚の方向へ話がいくかと思ったが、母親はほほえんだだけだった。もう消灯時間を過ぎていて、病室はしんとしている。もう帰りなさいと母親が言った。

「明日も仕事でしょう」

「休むよ」

「いいわよ。死ぬわけじゃないんだから」

軽い口調だった。なのにぞっとした。常識や理性とは別のところで、親は死ぬわけがないと思っていた自分に気づく。押し殺していた罪悪感がはじけてあふれ出す。

「落ち着くまでいるよ」

「……ねえ、慧一」

そう言うと、母親は考えるような顔をした。

「うん？」

「今までごめんね」

「なにが」

「お母さん、ずっといろいろ慧一のこと考えてた」

「だからなに」

「どうしても無理なら、結婚とかもういいから」

心臓がことりと音を立てる。

「慧一が幸せなら、お母さん、それが一番いいって今は思ってる」

——あ……。

学生時代から異性の影も差さない息子に、母親なりの疑念があったのだろう。二十五歳という年齢の男には早すぎる見合いや孫の催促は、逆に、『そう』であると確信を得るための確認だったのかもしれない。母親はうっすらとほほえんで阿久津を見ている。

――今、どんな気持ちなんだろう。

愛する男を亡くし、その男の子供をひとりで、懸命に、二十五年間育てて、今。

ひとりの女性としての母親を理解しようとしたけれど、とうてい無理だった。

さっきから自分を小さな子供みたいに感じている。子供みたいに泣いてしまえればいいのに、そうはできない。すりむいた膝に絆創膏《ばんそうこう》を貼ってくれた母親の手は、今は白い布団の上で力なく組まれている。薄くてくたびれている。そう思ったら、もう駄目だった。

分岐の標識が現れる。

右折しますか？

左折しますか？

こちらでいいですか？

何度無視しても現れるそれを、今まで強引に押し戻してきた。けれどもう駄目だ。もうずっと長い間、心の中で母親に謝ってきた。けれど今夜、初めて水野に謝った。

もしもあの夜、水野と言い争いをしていなかったら、結果はちがっていたのだろうか。わからない。物事はタイミングで決まり、自分は選択した。

——おまえは、家事だけしてくれる嫁がほしいの？

と書いてある標識よりも、

——慧一が幸せなら、お母さん、それが一番いいって今は思ってる。

と書いてある標識の方向へいくことを。

翌日、見舞いにきた知子おばさんは母親をひどく心配し、大事に至らずにすんだことに胸をなで下ろし、阿久津にいいお嬢さんがいるのよと見合いを勧めた。同じ地元出身で、今は東京で化粧品販売の仕事をしている綺麗《きれい》な女性で、結婚したら家庭に入り、すぐに子供がほしいらしい。阿久津はよろしくお願いしますと頭を下げた。

やはり、物事のほとんどはタイミングで決まるのだ。

神さまの振るサイコロのように気まぐれに、もしくは完璧な予定調和で。

東京に戻って、水野に別れを切り出した。水野は納得してくれなかった。当たり前だ。自分たちのつきあいを振り返れば、あんな喧嘩が決定打になるはずがない。

自分は病気の母親と水野を秤《はかり》にかけた。けれど水野にそうとは言えなかった。母親に孫を抱かせてやりたいなんて理由を、子供が産めないゲイに打ち明けられるはずがない。だから俺が悪いと繰り返した。別れたくないと泣く水野に、俺だってと何度も言いそうになった。

別れたあとも、目覚めたときに水野が隣にいないことに毎朝喪失感を味わった。携帯に入っている水野の写真を消すことができなかった。一生一緒だと信じていた相手との別れは、知らなかった弱い自分を浮き彫りにした。二度と思い出したくない。

けれど別れて二年、まさかの流れで友人づきあいが続いている。昔のような身を切られるような喪失感はない。結婚もしている身で、今さらなにかがはじまることはない。

いつもどちらからともなく飲みに誘い、なんということもない話をして、じゃあと手を振って別れる。恋愛感情でもなく、純粋な友情でもなく、発展性も意味もない。

なのに、どうして自分たちは会い続けるんだろう。

地下鉄の暗い窓に、迷子のような情けない男の顔が映っている。

結婚一年、新妻の待つマンションに帰る。平凡な2LDKで、靴箱の上には魚の形をした木皿が置いてある。そこに鍵を置く。たまに思いついたように花が飾られることもある。

「慧一さん、おかえりなさい」

出迎えてくれる庸子《ようこ》は、いつもきちんと化粧をしている。大手化粧品会社のビューティーアドバイザーをしていた庸子は、紹介された当時、隙のないメイクで威圧感たっぷりにほほえむデパートの女性販売員そのままで、結婚後は家庭に入りたい、子供がほしいという触れ込みとは若干ちがうように感じた。

——あんな場所で、身を削って働く意味がわからなくなったのよ。

売り場の主任ポスト争いで負けたのだと、あとになって聞いた。相手は同期で、わたしよりもできない子がわたしの上司になるのよと憤慨していた。

――でももういいの。今はとっても楽。

庸子は楽しそうに締めくくった。目は笑っていなかったけれど。

「出張どうだった？」

「ああ、普通」

大不調だったが、愚痴を言うのは好きじゃない。

「ご飯は？」

「食べてきた」

「お味噌汁くらい飲む？」

「うん、もらおうかな」

スーツから楽なスエットに着替え、キッチンへいった。こちらに背を向けて庸子が味噌汁を作っている。魚が跳ねたイラストつきの瓶が出ている。庸子は顆粒《かりゅう》の出汁の素《もと》を使う。

最初に見たときは驚いた。阿久津の母親は仕事が忙しかったが、出汁は昆布や鰹節《かつおぶし》から取っていた。初めて食事を作ってくれるような仲になった水野もそうだった。

だからそれが普通だと思っていたのだ。自分の母親は昆布や鰹節を使っていたと言うと、ひどく嫌な顔をされた。あれ以来、料理についてはなにも言わなくなった。

当たり前だと思っていたことは、実は当たり前ではなかった。手間をかけてくれていた母親と水野への感謝と同時に、あの言葉を思い出した。

――おまえは、家事だけしてくれる嫁がほしいの？

あのときは本気で腹を立てたが、水野には水野の言い分があったのだ。ちゃんと話をすることもなく別れてしまい、いまさら気づいて後悔している自分は間抜けすぎた。

「お豆腐《とうふ》と長ネギ」

阿久津の前に汁椀《しるわん》が置かれる。

いただきますと手を合わせる阿久津の向かいに庸子も腰を下ろす。

「どう？」

「ああ、うまい」

嘘《うそ》だ。顆粒の出汁は味がぺらっと薄くて奥行きがない。

「ねえ、慧一さん」

「うん？」

「わたし、働きに出ようかと思ってるんだけど」

以前勤めていた会社の同僚から連絡がきて、パートタイマーでいいから戻ってこないかと誘われたのだという。販売はいつも人手不足なのよねと庸子は溜息をついた。

「いくら派遣で穴を埋めても、知識も技術もないから現場は回らないのよ。だからわたしみたいなリタイア組まで頼りにされるの。あんな仕打ちをしておいていまさらよね」

ぼやきながらも、庸子はまんざらでもなさそうだった。

「ねえ、どう思う？」

「結婚したとき、子供がほしいからって言って辞めたんだろう？」

「でも、できないわ」

「まだ一年じゃないか」

一年、と庸子は大袈裟《おおげさ》に目を見開いた。

「ねえ、想像してみてよ。自分が一年間、毎日この部屋の中だけで過ごすこと」

「それは庸子が選んだことだろう」

「それはそうだけど」

「それに勤めはじめて子供ができたら？」

「それは……辞めるしかないけど」

「頻繁に出たり入ったり、会社に迷惑がかかるんじゃないか？」

するとと庸子はむっとした。

「そういう古い考え方をする男の人が多いから、女が動きづらくなるんじゃない」

庸子は眉をひそめ、女性の社会進出に関して話しはじめた。働いてね、稼いでね、子供を産んでね、育ててね、家の中のこともしてね、あ、親の介護もお願いね——。

「ひどい話だと思わない？　女は奴隷じゃないのよ。まあそれでも言われたことを努力してやろうとするなら、せめて周囲のフレキシブルな対応が必要なの。なのに慧一さんみたいな意見の男の人が多いから、女は身動きしづらくなるんじゃない」

庸子は議論好きだ。そして庸子がこういう話し方をするときは機嫌が悪いときだ。反論したら長引くので、ただ相槌《あいづち》を打ち、最後に穏やかさを意識して言った。

「ああ、庸子の言う通りだ。俺も気がつかないことが多くて悪いと思ってる。でも結婚してまだ一年だし、とりあえず今は子供のことを優先しないか」

庸子は考えるように自分の手の甲をなでた。

「……うん、そうね。まだ一年だしね」

でも、と軽く阿久津をにらみつけ、庸子はカレンダーを指さした。今日の日付が赤いサインペンで囲まれていて、ようやく自分のミスに気づいた。ああ、だから機嫌が悪いのか。

「悪い。出張でついうっかりしてた」

庸子の身体に合わせて、カレンダーには妊娠しやすい日に印がつけてある。

「お酒飲んでるみたいだけど、大丈夫なの？」

できの悪い生徒に対する教師のように庸子は聞いてくる。

もちろんと阿久津はうなずいた。ゲイなので女性とのセックスに歓びはない。けれど結婚生活自体は正しく運営されている。それで充分だと思っている。

結婚式の日、庸子から花束を受け取りながら母親は涙ぐんでいた。あのとき自分は誓った。妻を大事にして、生まれてくる子供を愛し、家庭を守り、母親を安心させてやろう。

すべて自分で選んだことだ。あんなに好きだった水野と別れてまで――。

行為のあと、眠れなくてベランダへ出た。十二月の夜気に、見上げる半月はシャーベットみたいに凍《こご》えている。真ん中からすぱりと割られて、凍りついてしまった檸檬《レモン》みたいだ。

――壊れたオーブンみたいな感じというか。

ぼんやりと月を見上げる中、ふいに水野の顔がよぎって驚いた。

なんの脈絡もなく、予感もなく、だから身構えることもできなかった。

無防備に、ぽっかり開いている心の中に入り込んでくる。

そして分岐の標識が現れる。

右折しますか？

左折しますか？

こちらでいいですか？

「どうしたの、風邪ひくわよ」

ベランダ窓が開き、庸子が顔を出す。寒そうに肩を縮めている。

「ごめん、戻るよ」

おかしな方向にいきかけた気持ちを、正しい向きに戻さなくてはいけない。

部屋に入りながら、庸子の肩を抱いて髪にキスをした。

29 years old

【水野光流】

今年に入って、水野は片倉の元を離れて独立した。アシスタント時代にできた縁で、売れっ子の片倉に回すまでもない小さな仕事がもらえる。片倉自身が水野を使ってやってくれと言ってくれることもある。面倒見のいい師匠につけたのは幸運だった。

どんな仕事でも片っ端から受けた。少々無理をしても断らなかった。駆け出しのうちは断れる立場ではないと思って励んだ甲斐《かい》あって、今のところ評判はいい。

『彼女に作ってあげたい彼氏ご飯』

というコンセプトのムック本の依頼がきたのは二ヶ月前。コンセプトに沿って、若い男性料理人が五名。その中に水野も選ばれた。料理と一緒に、料理人自身の写真もふんだんに使う予定だという。正直、自分のような駆け出しにくる仕事ではないと不思議に思った。

「料理だけでなく、総合的に若い女性に好まれる方に依頼させていただきました」

出版社の編集である山口《やまぐち》はほほえんだ。これだけ料理本があふれかえっている世の中だ。なにかプラスアルファがなければ売れないという理屈はわかる。

――きみの場合は顔ですよ。

と言われているのだ。水野はありがとうございますと頭を下げた。

こんなことくらいで腹は立たない。逆に、この顔に生んでくれた親に感謝した。きっかけなんてなんでもいい。とにかく生き残るためには顔と名前を売るのが先だった。

「じゃあ、来年にはおまえが表紙の料理本が本屋に並ぶんだな」

その日、才のカウンターに並んで座り、阿久津は感心したように言った。

「俺だけじゃなくて、五人まとめてだけどな」

「イケメン五人組の表紙か。アイドルグループの写真集みたいだ」

「ノリとしてはそうしたいみたいだ。料理も女子受けするものって言われてるし」

答えながら、ペールエールをグラスに注いだ。夏はビールがうまい。

「今は女子とシルバー世代に受けない商品はこけるからな。けどおまえの料理は、どちらかというとコンセプトと逆じゃないか？ 見た目は地味なんだけど、食べてみるとじわじわっと身体に沁み込んでくる質実剛健系というか、樹の根っこみたいなイメージ」

「樹の根ってまずそうだな」

顔をしかめたが、目指しているものを正確に言い当てられたことが嬉しかった。

「若い女の子から、きゃー光流くーんとか騒がれるようになるのかな」

「それぐらい売れてほしいよ。俺のやりたいこととはちがうけど、仕事選ぶ余裕なんてまだまだないし、好きにやりたいなら、まずは生き残って地力つけないとな」

「フリーは大変だ」

「サラリーマンもだろ。大変じゃない仕事はない」

話していると携帯が震えた。山口からの着信だった。わずかに迷う。出たくない。けれど仕事相手だ。すうと息を吸い、はずみをつけてから、はい、と出た。

『お疲れさま。山口です。今いいかな？』

大丈夫ですと答え、ごめんと阿久津に断ってから表へ出た。むっとするような湿気を含んだ夏の空気がまとわりつく。戸口の脇に立ち、通りをいく人たちを眺めながら話した。

『たいしたことじゃないんだけど、こないだ出してもらったレシピのことで』

話を聞くと、本当にたいしたことではなく、そもそも先週の打ち合わせで確認済みのことだった。けれど余計なことは言わず、問われたことに丁寧に答えた。

『悪かったね。ちょっと気になったから』

『いいえ、わざわざありがとうございます』

『俺ももうすぐ仕事上がるんだけど、よかったら夕飯どうかな』

そっちが電話の主目的だったのだろう。最初からそう言えばいいのに。

『すみません。友人と食事中なので』

『そうだろうね。さっき、ごめんって聞こえたから』

わかっているなら誘わないでほしい。

『友人って男？』

『そうですね』

『彼氏だったりして』

水野はゲイであることを殊更《ことさら》かくしていない。そういうことにはゆるい業界だ。

『でも前に彼氏はいないって言ってたね』

その通り。知っているなら聞くなよ。だんだんいらいらしてきた。

『……ん？　いるの？』

神経をさすられるような問い方だった。

『いませんよ』

『そう、よかった』

さわりと肌が粟立《あわだ》ち、鱗《うろこ》をはがす前の魚を思い出した。ぬるりとしているのに、手のひらに障るささくれ立った感じ。じっとりと肌にはりつく湿った空気よりも不快だった。

『今度、夕飯につきあってよ。うまい店を見つけたんだ』

『はい、機会があれば』

『今夜は家に帰る予定？』

『もちろん。あ、すみません、ちょっと呼ばれているので』

じゃあまたとさっさと電話を切り上げた。軽く頭を振って、まとわりついた粘着質なものを振り払う。不愉快さを引きずるのは嫌なので、気持ちを切り替えて店内に戻った。

「なんか面倒事か？」

腰を下ろすなり問われた。

「顔に出てる？」

「全然」

じゃあ、なぜわかるのだろう。とはいえ、自分も阿久津の機嫌はなんとなくわかる。つきあっていたころと合わせると、もう九年のつきあいになるのだから。

「仕事だったらいってこいよ。俺に気を遣わなくていい」

「今さら遣わない。仕事というか、仕事にかこつけた嫌がらせだし」

ぬるくなったエールを残し、大将にへしこと冷酒を頼んだ。

「嫌がらせ？」

「最初は普通に楽しい人だったんだけどなあ」

頬杖で溜息をついた。山口とはムック本の打ち合わせを重ね、幾度か飲みにいった。料理本を多く出版している会社なので、誘われたら無理をしてでもつきあうようにしていた。

「それが、いきなり自分もゲイだって打ち明けられてさ」

「そこから怒濤《どとう》の口説きがはじまったのか？」

「だったら困らない。嫌なら断ればいいだけだし」

ストレートに口説いてくるのなら問題ないが、もって回った言い方でねちねちと間合いを詰めてくる。恋人の有無。仲のいい友人。経歴。山口は粘着質な男だった。

「こないだは、うちの実家で飯食って挨拶したって言ってた」

「は？　なんだそれ」

阿久津が眉をひそめる。そのことを兄から聞いたときの水野の反応と同じだった。

水野の実家は地元ガイドブックにも載る有名な老舗《しにせ》レストランで、今は兄夫婦があとを継いでいる。そこに山口が顔を出したのだ。出張のついでだと言ったらしいが、東京で水野と『特別に親しくしている』と兄に挨拶したらしい。そのときの目つきが気持ち悪かったようで、おまえ大丈夫なのかと兄のほうからわざわざ電話をしてきた。

「完全にストーカーじゃねえか」

阿久津は珍しく乱暴な物言いをした。

「迷惑だったら、ちゃんとそう言って断れよ」

「だから、ちゃんと断れるほど口説かれてないんだって」

核心にはふれず、気づくと後ろに張りついている感覚が気持ち悪い。

最近では、打ち合わせは必ず水野の仕事場を指定される。しかも急に時間を夜に変更されたりもする。水野の仕事場は自宅と兼用で、扉一枚開ければベッドのある寝室へいきつく。

「それ、相当やばいぞ」

阿久津が難しい顔でビールをあおる。

「平気だよ。いざとなったら、うちには切れ味のいい包丁が何本もある」

冗談でごまかしながら、内心では溜息をついていた。

店を出て、駅へ歩いているとまた山口から電話がかかってきた。

「例のやつ？」

「ああ。もういい。無視無視」

それがいいと阿久津もうなずく。けれど今度はメールがきた。

《料理写真の件で確認があります。お手数ですが至急連絡をいただきたく思います》

眉をひそめていると、続けて二件目がきた。

《今、水野くんの事務所の前にいます。ちょうど近くに用事があったので》

「うわ、最低」

「どうした」

「今、家の前にいるって」

「はあ？」

信じられないという顔をされ、水野もしかめっ面を返した。

「しかたない。どこかもう一軒寄って時間つぶしてから帰るわ」

Uターンしようとすると阿久津はタクシーを停め、なにも言わずに水野と一緒に乗り込んだ。運転手が行き先を聞いてくる。阿久津にうながされ、水野はマンションの住所を告げた。

「うち、くるのか？」

「逃げ回ってても解決しない。余計に相手が調子にのるだけだ」

「いや、でも、仕事相手だからことを荒立てたくない」

「心配するな。とりあえずおまえはメールに気づいていないふりをしろ」

「どうすんの？」

「相手の出方しだい。おまえは俺に合わせるだけでいい」

マンションに着くと、植え込みの前に山口が立っていた。ゆるくパーマの当たった髪型にしゃれたフレームの眼鏡《めがね》。一見柔和でスマートな文学男子に見えるけれど――。

「あんなマトモそうなのがストーカーなんだから、怖い世の中だな」

阿久津が金を払いながらぼやき、まったくだと水野も同意した。

「家までくるなんて、もうまともに話をしても通用しないレベルだよなあ。警察呼びたいくらいの案件だけど、仕事のこと考えると大ごとにはしたくないし」

悩んでいると、後部座席でふいに阿久津が覆いかぶさってきた。

「な、なんだ？」

TAXI

「キスしてるふりをしろ」

「え？」

「話が通じないなら、見せつけてやるしかないだろう」

意図がわかり、阿久津の背中に手を回して密着した。唇はふれていない。けれどフロントガラス越しに、山口からは熱烈なキスをしているように見えるだろう。たっぷり五つ数えてから阿久津が身体を離し、名残《なごり》を惜しむように前髪にキスをした。不覚にも胸がさわいだ。

「運転手さん、悪かったね」

タクシーを降りる際に阿久津が声をかけ、運転手は溜息で返事をした。恋人同士のように水野の腰に手を回し、阿久津はマンションに入っていこうとする。

植え込みの陰に立って、山口はじっとこちらを見ている。話しかけてはこない。どうするのだろうと思っていると、阿久津がふいに立ち止まり山口に向かい合った。

「なにかご用ですか？」

山口は怖いほどの無表情から、一瞬でにこやかな笑顔に切り替わった。

「すみません。お邪魔かと思ってこのまま帰ろうと思っていました。水野くん、お疲れさま。こんな時間に悪いね。どうしても確認してほしい写真があって」

にこやかに書類袋を渡され、「はあ、どうも」と受け取った。

「こんな遅くまで仕事なんて大変ですね」

阿久津が笑顔で話しかけ、「しかたないですよ。出版業界なんで」と山口も愛想よく答える。「このあとも仕事で？」重ねて阿久津が問い、「いえ、今日はもう」と山口が答える。なにをのんびり世間話をしているんだ。阿久津の意図がつかめないでいると、

「このあと予定がないなら、俺たちと合流しませんか？」

阿久津が問い、山口が「え？」と首をかしげた。

「こいつから聞いてますよ。あなたもこっちなんでしょう？　俺たち最近マンネリなんですよ。よかったらあなたも混ざって楽しみませんか。よく見ると、あんたもかなり俺の好みだし」

阿久津は急に下卑たくちぶりになり、山口の下半身をじろじろと見た。

「……いえ、僕はそういうのは好みませんので」

山口は嫌悪をあらわにしたあと、冷たい目で水野を見た。

「……清潔そうな顔をして」

ぼそりとつぶやき、山口は興味を失《な》くしたようにあっさりと背中を向けた。山口の姿が角を曲がって消えると同時に、阿久津の手が水野の腰から離れていった。

「ありがとう。助かった、と言っていいのか微妙だけど」

「がっかりされて穏便に収まっただろう？」

「代わりに3Pなんて変態的な行為に耽《ふけ》るやつだと思われた」

「向こうも変質者だから気にするな」

「そういう問題か？」

「肉を切らせて骨を断つ。一番の危機は去った」

「あきらめてくれたかな？」

「多分な。神経質そうで、少し潔癖も入ってそうな感じだったろ。ああいうタイプは勝手に自分の理想を相手に当てはめて、そこからはみ出すと途端に興味を失くす。気色悪いが、体育会系だったら俺も死ぬ気でやり合うとこだったからまあ助かった」

「死ぬ気？」

なんとなく問い返すと、阿久津はわずかに困った顔をして視線を逸《そ》らした。

「おまえ、もう部屋入れよ」

「おまえは？」

「しばらくここにいる」

阿久津はエントランスに続く階段に腰を下ろした。

「駅にいってストーカーと鉢合わせしたら元も子もないから」

「だったら部屋こいよ。冷たいものでも出す」

「ここでいい」

阿久津は素っ気なく言い、自分から言い出したくせにほっとした。そして、ほっとした自分を馬鹿みたいに思った。友人同士だから部屋にきてもいいし、こなくてもいいのに。

「じゃあ俺もつきあうよ」

隣に腰を下ろし、気まずさを払うように軽く言葉をつないだ。

「今夜は助かった。ありがとう。あとは今後の対応だけど、来週も打ち合わせが入ってるし、3P勧誘失敗のあとで顔合わすのはさすがに気まずいな。もしかして仕事切られたりして」

茶化して笑ったが、阿久津は笑わなかった。

「切られてもいいって覚悟はしておけよ」

「いや、それはさすがにちょっと。今回の仕事でっかいし」

「そういう考え方はやめろ。あとになるほど自分の首がしまる」

怒りがこもった声音に驚いた。

「綺麗ごとだけでやっていけないのはわかるし、多少の色は使ってもしかたない。けど自分の中でここまでって線は引いておけ。そこを越えてくるやつはもう仕事相手じゃない」

厳しい口調だが、腹立たしさは微塵《みじん》も感じなかった。本気で自分のことを思って言ってくれているのがわかる。友人としての感謝と、そこに入り混じる懐かしさに戸惑った。

「うん、ありがとう。ちゃんと考える」

素直にうなずく水野に、阿久津の声が我に返ったようにやわらかくなった。

「いや、俺も悪い。頭ごなしに」

「ううん、今回のことは俺も悪かった。おまえがいてくれて本当によかったよ」

なんとなく隣を見ると、阿久津も同じタイミングでこちらを見た。

「しっかりしてるように見えて、おまえは変なところぼんやりしてるからな」

「そうかなあ」

「カレー作るって買い物いって、カレー粉買い忘れなんて序の口だったろう」

「ああ、そういうのは今でもよくやる」

「旅行の日程まちがえて、前日に出かけようとしたときはびっくりしたな」

「あれは自分でもひどいと思った」

「今回はたまたま俺が一緒だったからよかったけどさ」

「うん」

「俺もいつも助けてやれるわけじゃないし」

「うん」

「でも、どうしても困ったときは一番に相談しろ」

「……うん」

「絶対助けてやるから」

「……うん」

どうしよう。どんどん頼りない気持ちになっていく。けれど不安ではなくて、阿久津と暮らしていたころのことを思い出した。外でなにかあっても、家に帰れば阿久津がいた。パートナーがいることの無条件の安心感に支えられていた。

あのころ、自分は本当に阿久津が好きだった。

共同生活なのに家のことは相手がするものだと思い込んでいる節《ふし》があったし、同じ男である自分を嫁さん扱いするちょっと困った亭主関白癖もあった。けれど、いざというときは俺がなんとかする、おまえはなにも心配するなと言い切る強さに守られていた。

もし自分がサポート役に徹していれば、うまくいったのだろうか。

いまさらそんなことを考えている自分にあきれてしまう。

阿久津はもう結婚して妻もいる。

阿久津はもう自分のものではない。

だから自分は弱くなるわけにはいかない。

自分で自分を支えて、守って、あらゆるものに立ち向かっていかねば。

「やっぱりいい」

「うん？」

「困ったことが起きたら、自分でなんとかする」

「今回、危なかったじゃないか」

「じゃあ、せめて彼氏に相談する」

「いないくせに」

「そのうちできるよ」

少し間が空いた。

「……そうだな。できないほうがおかしい。おまえなら」

マンションのエントランスに腰かけたまま話をする。いい年をして大学生みたいな振る舞いをしている自分たちを、犬を散歩させている初老の男がちらりと見ていった。

夏の湿った空気が息苦しくて、さっきから胸のあたりがおかしな動きをしている。少しずつずれていく秒針みたいに、それは目をつぶれる程度の誤差で、いっそ完全に壊れてしまえば開き直れるのにと思う。けれど、開き直ってどうしたいのかはよくわからない。

「そろそろ帰るか」

唐突に阿久津が立ち上がった。

「おまえ、先にマンション入れよ」

「なんで」

「あんなのあとだし、中に入るまで見送る」

「すぐ目の前なのに？」

「いいから入れ」

顎をくいとしゃくられ、えらそうにと笑った。

もう一度ありがとうと言い、おやすみと背中を向けた。

見守られている安心感は、どれだけ否定しても心地いいものだった。

部屋に戻って灯りをつけた。独立してから借りた2LDKのマンションで、広めのリビングダイニングを仕事場にして、あとのふたつを居室と寝室にしている。

ベランダ窓の前に立ち、カーテンを開けるかどうか迷い、閉じたままにしておいた。阿久津はもう駅に向かっているだろう。今は信号を渡ったところだろうか。

手がずっと熱い気がしている。別れて四年も経つのに、自分の手は阿久津の身体を覚えていた。しっかりとした背中の質感や、抱きしめてくる腕の強さも変わっていなかった。

これは恋愛感情なのだろうか、と考えることはもうやめた。恋愛かもしれないし、友情かもしれないし、その間には認識できないほど微妙なグレイのグラデーションがひしめきあっている。すぐに白黒つけたがった昔とちがって、ふいにときめいたり、意味なく苦しくなったり、ゆりかごみたいで落ち着かないけれど、そういう不安定さも含めて許容できるようになった。

29歳。自分は大人になったんだろうか。


【阿久津慧一】

おやすみと、水野は振り返らずにマンションに入っていった。舗道に立ってマンションを見上げていると、四階の部屋に灯りがついた。あそこが水野の部屋だろうか。しばらく待ったけれどカーテンは開かなかった。開くことを期待していた自分は滑稽だった。

帰り道、用もないのにコンビニに寄った。からまった毛糸玉みたいなものが胸の中にあって、そんなものをかくしもったまま家に帰るのは気がひけたのだ。明るい店内を歩き、奥の冷凍ケースの前で立ち止まった。マカダミアンナッツ入りのバニラアイスが並んでいる。

水野と暮らしていたとき、喧嘩をして家を出ていくたびに買って帰った。それが仲直りのルールのようになっていた。水野はむっとしながらも受け取り、食べ終わるころにはしかたないなあという顔で、さっきはごめんと阿久津の肩にもたれかかってきた。喧嘩のあとで素直にごめんと言えない阿久津を水野はわかって、いつも許してくれていた。いつも——。

ふと我に返り、なにを考えているんだと呆然とした。

熱っぽい手のひらをケースに手を当てて冷やしてみる。

そこには、抱きしめた水野の薄い背中の感触が残っていた。

嫌いで別れたのではないのだから、今でも水野への気持ちは残っている。以前は痛みの成分が多かったが、仕事や家庭、そこで起きる煩雑な出来事で日々は埋め尽くされて、いつの間にか痛みはまぎれ、今では水野への気持ちは憧憬や懐かしさに近くなった。

もう二度とふれられない。終わったことだから余計に綺麗に映るんだろう。充分に冷やされた手のひらをガラス面から離し、庸子の好きなチョコレート菓子をひとつ買って店を出た。

帰った家に灯りはついておらず、しんと静まり返っていた。最近はもう慣れた。淡々と灯りをつけ、キッチンでミネラルウォーターを飲んでいると玄関が開く音がした。

「ただいま。遅くなってごめんね。あ、帰ってきたばっかり?」

スーツ姿のままの阿久津に庸子が笑いかける。夜の十時を過ぎているのに、庸子のメイクには隙がない。マットな肌に、アイラインも口紅もくっきりとした輪郭を保っている。

「慧一さん、夕飯は?」

「食ってきた。今日は遅番だって聞いてたから」

「そう。ああ疲れた。もう足が棒みたい。お風呂でマッサージしなくちゃ」

庸子は慌ただしく風呂給湯のボタンを押した。

結婚して三年経っても子供はできず、庸子は今年に入って以前の職場にパートタイムで復職した。もう少し考えたらどうかと以前は言ったけれど、毎月毎月カレンダーに赤いサインペンでつけられる花の印は夫婦の間で重荷になっていった。二度目に働きたいと言われたとき、阿久津はきみの好きにすればいいよと言った。

「ああ、そうだ。わたし十月から正社員になるから」

キッチンで生ジュースをグラスに注ぎながら、庸子がさりげなく言った。

「え?」

「もう受けたから断れないの」

いきなりの事後報告に阿久津はあっけに取られた。

「それで来週から月水金は遅番で、第二と第四の土日は出勤になるから」

庸子が勤めているのは大手の化粧品会社で、会社帰りの女性客で込み合う夕方から閉店までの時間帯と、土日祝日は常にアドバイザーの数が足りない。

「人事部からぜひにって頼まれたの。わたしの経験が必要だって言われて」

「正社員になったら、今よりもっと忙しくなるんだろう」

「そりゃそうよ。土日祝、平日も夕方から夜にかけての勤務がほとんどになると思う」

「俺とは完全にすれちがいじゃないか」

「慧一さんだって帰りが遅いときのほうが多いじゃない」

庸子の声にかすかな棘《とげ》が混じる。気をつけて話さないと面倒なことになりそうだ。

「けど大変だぞ。精神的負担も増える」

「それもわかってる。結婚する前は正社員で働いてたんだから」

「独身のころだろう。今は家庭があるじゃないか」

「子供がいるわけじゃないんだし、お互い自由にやればいいじゃない」

気ままな言い様に、阿久津はさすがにむっとした。出会った当時、庸子は結婚したら家庭に入りたい、すぐに子供がほしいと言っていた。百八十度の方向転換だ。

「考え方なんて環境次第で変わるわよ。だいたい肝心の子供はできないし、あなたはいつも帰りが遅いし、毎日ずっとひとりで家にいると、自分って人間にまるで価値がないように感じるの」

「俺は働くことに反対してないだろう。現に今も働いてる」

「今の働き方じゃずっと下っ端のままじゃない」

「下っ端?」

「うちの売り場主任、わたしよりも年下なのよ」

「それで?」

「自分よりも年下の子に使われて、あれこれ指図されるのはもう嫌なの」

ふたたびあっけに取られた。

「会社はそういうものだろ。役職で成り立っている縦割り組織なんだから」

「でもわたしのほうが主任よりもキャリアがある。結婚してブランクができたけど、知識も技術も接客も負けてない。うちは社員の七割が女性だし、がんばり次第でいくらだって昇進できるけどパートじゃ駄目なの。これじゃ自分がもったいないじゃない」

「昇進したいのか?」

「結婚したって女が自分の人生をあきらめる必要はないでしょう?」

もちろんだ。けれど女とか人生とか、どうしていつもそう話を拡大させるのか。庸子はシンクに両手をついてこちらを見据えている。完全な臨戦態勢に阿久津はうんざりした。

「おまえなあ、結婚するときは仕事に疲れたから家庭に入りたい、家庭に入ったら退屈だから仕事で昇りたいってどうなんだよ。だいたい、どうして相談もせずにそんな大事なことをひとりで決めるんだ。生活がすれちがうのわかってるだろう」

「すれちがうと思うなら、そうならないようあなたも努力してよ」

「努力してほしいなら、まずは相談だろう」

すると庸子はきりきりと眉を吊《つ》り上げた。

「『してほしいなら』ってなに？　どうして合わせるのはわたしのほうで、自分は協力するのもやぶさかではないってスタンスなの。そんなんじゃ相談したって反対するだけよね」

「してもいないのに決めてかかるなよ」

「現に、反対らしきことをしているじゃない」

「いきなり言うからだろう」

「子供がいたらわたしも考えるけど、いないんだから自由にしたっていいじゃない。結婚するために仕事を辞めたし、それから三年よ？　これ以上は自分を犠牲にしたくない」

「悲劇のヒロインぶるなよ。出世争いで同期に負けて嫌になって辞めたのは自分だろう」

瞬間、庸子はすごい顔をした。痛いところを突いてしまったのだ。

「……もういいわ」

初めて聞くような冷めた声だった。

「あなたとこれ以上やっていく自信がない」

「どういうことだ」

「最悪、離婚もあるってこと」

「はあ?」

庸子はさっさと風呂にいってしまい、阿久津は呆然としたあと、どさりとソファにもたれた。一体なんなんだ。いきなり話を飛躍させるなよとひどく腹が立った。

一方、子供のことを考えると頭が痛かった。

先日、母親から電話がかかってきた。夜の八時過ぎで、阿久津は会社にいた。家にかけても誰も出ないから心配になったのだと言われ、最近、庸子は残業が増えたことを伝えた。

――ふたりとも遅くまで大変ねえ。身体だけは壊さないようにって庸子さんにも伝えてね。

――うん、わかった。

――慧一も無理しないように、忙しくてもご飯はちゃんと食べなさいよ。

母親の電話の内容は、独身だったころから少しも変わらない。

けれど本当に身体が心配なのは母親のほうだ。以前から心臓の薬を飲んでいるが、もう年なのでよくなることはない。ひとり暮らしをさせておくのも心配で同居も考えたが、庸子からまだ嫌だと言われた。母親も慣れた土地が気楽でいいと言いながら、若い夫婦の邪魔をしたくないという遠慮も透けて見えた。現状は考えていた未来とはことごとくちがっている。

早く孫の顔を見せて安心させてやりたい。それを最優先にして結婚を決めたのに、三年経っても子供はできない。母親も気を遣って、孫のことはもう一切口にしなくなった。自分は昔よりも母親に申し訳ない気持ちになっている。なんだこれはと天井を見上げた。

結婚すれば、母親に対しての罪悪感は消えるのだと思っていた。

自分もそれで満足できると思っていた。

一体自分はなんのために――慌てて頭を振った。

いまさらなにを考えているんだ。自分こそ頭を冷やすべきだ。

庸子も勢いでつい言ってしまったのだろう。誰にだってそんなときはある。一晩寝たらお互いに気持ちも落ち着く。冷静な状態でもう一度話し合おう。

しかし一週間経っても庸子の態度はかたくなだった。話しかけても必要最低限な言葉しか返してこない。そのくせ最近さぼりがちだった家事は完璧にこなすようになった。

「それは怖いですねえ」

カウンターの向こうで、才の大将が苦笑いをした。日毎に戦場の様相を呈してきている家に帰る気にならず、ここ何日か避難にきている。大将はいい話し相手だった。

「家事を完璧にこなすのは、敵に弱みを見せたくないからですよ」

「俺は敵なの？」

「離婚話が出た時点で、夫婦は最強の敵同士に変わるんじゃないですかね」

確かにと納得してしまった。他人同士ならともかく、ひとつ屋根の下で戦況は一日ごとに悪化していく。溜息をついたとき、引き戸が開いて客が入ってきた。

「おお、偶然だな」

水野だった。

「ひとり？」

「ひとり。おまえは？」

「俺も。連絡くれたらよかったのに」

「おまえもな」

水野はごく自然に隣に腰を下ろし、阿久津は今日のおすすめ書きを渡した。

「おさまりがいいですね」

大将がふっと笑った。

「水野さん、阿久津さんになにかいい知恵を授《さず》けてあげてくださいよ」

「なに、知恵って」

「奥さんと冷戦中らしいですよ」

へえと水野がこちらを見る。

「大将、余計なこと言わないでくださいよ」

「いやいや、おもしろいことは分け合わないとね」

大将の答えに、水野がおしぼりで手をふきながら吹き出した。

「なるほどなあ。やけ酒なら電話くれればつきあってやったのに」

「いいんだよ。俺はそういうのは」

阿久津はしかめっ面でビールを飲み干した。

「知ってるよ。基本的に愚痴をもらすのは嫌な性格だよな」

にやりと横目で笑われた。恋人として五年、友人として四年つきあっている男にかくしごとは無駄だ。阿久津は観念して、その通りでございますと椅子《いす》にもたれた。

「ここ何日か、自分はずいぶん愚痴を聞かされましたけどね」

大将が笑いながら水野につき出しと冷酒を出す。

「大将は壁みたいなもんだからいいんだよ」

「油断したら駄目ですよ。壁に耳あり障子《しょうじ》に目ありって言うでしょう」

「口もあるって今日知ったよ」

大将と水野が笑った。

冷酒に切り替え、三合目を頼んだころにはずいぶんと口がなめらかになっていた。

「すごいな。いきなり離婚か」

水野が感心したように言う。

「いつの間にそんな話になったのか、驚いて目玉が飛び出すかと思ったぞ」

「女の人ってたまに飛躍するよな」

「勘弁してほしい」

ふうと息を吐くと、でも……と水野がつぶやいた。

「俺は奥さんの言い分も少しわかる気がする」

えっと隣を見た。

「事後報告は悪いけど、相談しても聞いちゃくれないって感じは少しあるかも」

「嘘だろう？」

かなり心外だった。

「おまえって一応こっちの話も聞くんだけど、聞くだけで実際は変わらないというか、家の中のこととか『おまえが主体で俺はお手伝いね』って感覚がない？」

「そりゃあ俺が大黒柱なんだから」

「それがカチンとくるんだよ。こっちも働いてるのにって」

「パートなんだぞ？」

「だから、そこからもう一段レベルアップするためにがんばってるんだろう？」

あきれた目を向けられた。

「昔の話だけど、俺もそうだったよ。ようやく片倉さんのアシスタントになれて、フリーでバリバリやってる人を毎日近くで見て、すごく刺激になったし、俺もいつかはああなりたいって気合いが入った。おまえの奥さんもそうなんじゃないの？　普通に女が働いて昇進してく職場で、やる気のある人間だったら上昇欲が出るのは当たり前のことじゃないか」

話しながら冷酒を注いでくれる。

「仕事に限らず、しんどいときのさりげない励ましとか、共感とか、協力とか、おまえだったら嬉しくない？　そうしてくれた相手に自分も優しくしたいって思わない？」

「……思う」

あきらめてうなずくと、水野は小さく笑った。

「じゃあ奥さんにもそうしてやれよ。たまには飯を作ってやるとか」

「俺は飯は作れない」

「凝ったもんじゃなくていいんだ。そうしようって気持ちが大事なんだから」

「気持ち」

「そう、気持ち」

水野はカウンターに頬杖のままうなずいた。横顔にわずかな苦みを感じて、ああ、そうか、こいつはそうしてほしかったんだなと気づいた。不覚にも、いまさら。

「……そうか。そうだよな」

ぼんやりつぶやき、冷酒を飲み干した。猪口の縁を指でなぞり、薄い硝子の感触を意味なく確かめる。美しい琉球《りゅうきゅう》硝子の青。何度も、何度も、ようやく気づいたことを確かめるように。

「あのさ、今のは外野の勝手な意見だから」

「え？」

吟醸

隣を見ると、微妙に困っている水野と目が合った。

「ちょっと昔思い出して奥さんの肩持ったけど、奥さんにも悪いとこはあるよ。仕事辞めた理由とか、年下の主任がどうのこうのってのは、俺が聞いてても甘いと思った。そういうのをおまえに責任転嫁してるとこもな。だからおまえだけが悪いんじゃないから」

水野が言葉を続ける。しんどいときの励まし、共感。それをくれた相手に、自分も優しくしたいという気持ち。本当にその通りだ。今、自分は水野に素直に感謝をしている。

「ありがとう。わかってる。大丈夫だ」

「ほんとか？　言いすぎたかと思って焦ったんだけど」

「まあ、ぐっさりはきたけどな」

「それくらいはしかたないな。反省しろよ」

「ああ、まったくだ」

うなずき、なんとなく乾杯をした。

おかしな気分だった。庸子と自分の話をしていたのに、いつの間にか水野と自分の話のように感じていた。二十五歳の誕生日の夜の言い争いや、そこに至る経緯を思い出していた。あのとき取りこぼした、もしくは取りこぼしていることにも気づかなかった様々な事柄。

——慧一は、俺が仕事してる男だってわかってる？

あの夜、水野は言った。お互い仕事をしてるのに、なぜ味噌汁を作るのは相手だと思ってるのかと。なにが言いたいのかわからなくて、いらいらしながら「つまり?」と聞いた。

——おまえは、家事だけしてくれる嫁がほしいの?

ひどく落胆したあの一言に辿りついて、なのに苦いものは広がらず、代わりに、目の前でぱちんと手を叩かれたような初めての衝撃を受けた。

——すれちがうと思うなら、そうならないようあなたも努力をしてよ。

庸子もそう言った。ああ、そうか。当時、自分は意識するしないにかかわらず水野を嫁みたいに思っていて、自分と同じく仕事に向かっている人間だということ失念していた。庸子が怒ったのもそこなのだろう。水野というフィルターを通して初めて理解できた。それとも逆か。庸子というフィルターを通して、あのときの水野を理解しようとしているのか。

「じゃあまたな。なんかあったらいつでも電話しろよ」

才を出て、別れ際に水野が言った。

「ああ、サンキュ」

「なんとかやれそう?」

「多分な。いいアドバイスももらったし」

「飯作るときは言えよ。初心者向きの簡単なの教えてやるから」

「元彼に嫁のご機嫌うかがいの手伝いをさせるのは駄目だろう」

冗談で言ったのだが、水野は顔をこわばらせた。

すべったと思ったときには、もう水野は笑顔に戻っていた。

「はは、ほんと。よく考えたらえぐいな」

「ああ、えぐい」

失敗を取り消すみたいに笑い合う中、ふと水野がつぶやいた。

「今の俺たちなら、うまくいったかもしれないな」

瞬間、心臓に細い針を刺されたように感じた。

今の自分たちなら？

少し考えて首を横に振った。

「いや、無理だろう」

水野はいい男になった。それに比べて自分は駄目なままだ。

少しの間をはさんで、水野は「だな」と笑った。

「じゃあ、いくわ」

水野が笑顔で踵を返す。薄い背中を見送ってから、阿久津も歩き出した。水野は本当にいい男になった。いや、ちがう。昔からいい男だったのに、自分が気がつかなかっただけだ。そんなことにいまさら気づくなんて、本当に自分は駄目すぎる。

——仕事に限らず、しんどいときのさりげない励ましとか、共感とか、協力とか、おまえだったら嬉しくない？　そうしてくれた相手に自分も優しくしたいって思わない？

なるよ。なるに決まってる。現に今。ここしばらく干からびていた心に、水野の言葉は恵みの水みたいに沁みてきて、心はすっかりやわらかさを取り戻している。

——じゃあ奥さんにもそうしてやれよ。

そうだな。本当にそうだった。もっと思いやってやればよかった。助け合えばよかった。下手《へた》でもいいから、飯を作ってやればよかった。そうしたらあんなことにならなかった。庸子へのアドバイスを受けながら、自分はずっと四年前の水野との別れに囚《とら》われている。

——今の俺たちなら、うまくいったかもしれないな。

その問いに、また分岐の標識が現れる。

右折しますか？

左折しますか？

こちらでいいですか？

駅の改札を抜けて、ホームに降りて電車を待つ。足元に引かれたライン。危ないので白線の内側までお下がりくださいとアナウンスが流れる。そうだ。踏み出すな。危ないぞ。

こちら側で生きると自分で選んだんだろう？

自分で決めて、あんなに好きだった水野を捨てたんだろう？

ホームに電車が入ってくる。顔を上げて乗り込んだ。静かに電車が動き出す。右側に置き去りにされていくホームを見ながら、もう戻れないんだと自分に言い聞かせた。自分が一体なにを手放してしまったのか。いまさら検分してどうなるんだと顔を前に戻す。
けれど電車はすぐにトンネルにもぐりこみ、窓に映る景色は黒く閉ざされてしまった。

30 years old

【水野光流】


「『彼氏ご飯』、十万部突破おめでとう」

早坂《はやさか》がシャンパングラスを持ち上げ、水野もグラスを合わせた。透明な音が響き、季節の花が飾られたレストランのテーブルをはさんでほほえみ合った。

少し前に発売されたムック本が短期間で十万部を突破した。五人の若手男性フードスタイリストを起用し、料理だけでなく、フードスタイリスト自身のグラビアもふんだんに使用した豪華装丁本だ。値段も通常の料理本より高く設定されているにもかかわらず、売れ行きは上々で、テレビで取り上げられた効果もあってブームの兆しを見せている。

「もう第二弾の依頼がきてるんだろう？」

「よく知ってますね」

「俺のほうにも依頼がきたから」

早坂はムック本のグラビア撮影を担当したカメラマンだ。三十半ば、ファッション業界で定評のあるカメラマンで、早坂の撮るセンスのいいグラビアは売れ行き好調の大きな要因となっている。

「早坂さん、忙しいのに大丈夫なんですか？」

「できれば断りたかった。海外の仕事とかぶってるし」

「じゃあ」

「しかたないだろう。俺以外のカメラマンがきみを撮るのは嫌だったんだ」

ストレートな言いように、水野は照れ笑いで目を伏せた。ムック本効果で、水野は若手では頭一つ抜けた存在になりつつある。ゲイに対する偏見の少ない業界にいるせいか、顔が売れてきたと同時に口説いてくる男も増え、早坂もその中のひとりだ。

「水野くんだけのレシピ本の企画もあるんだって？」

「おかげさまで、二社からきてます」

「納得だな。あの本、どれもうまそうだったけど、自分で作りたいと思ったのは水野くんの料理だけだった。いまどきの女子受けを狙ってるのに懐かしい感じで、他が時短とかおしゃれとかで攻める中で、水野くんだけが出汁の取り方から説明してて小手先感《こてさきかん》がなかった。自分好みの写真を見たときと同じ感覚でさ、ああ、この子は人気でるなってわかったよ」

手放しの褒《ほ》めように恐縮しつつ、ありがとうございますと頭を下げた。

「でも二社同時は大変だな。同じレシピを使い回すわけにはいかないし」

「それは大丈夫です。今まで作りためてたものがあるし、自分のレシピを発表できる場所があるなんてめちゃくちゃ嬉しい。最近は眠たくなると悔しくなるくらいで」

「どうして？」

「寝なくてすむなら、もっと働いていられるのに」

「バカンスに命かけてるフランス人が聞いたら気絶しそうな発言だ」

早坂は両の手のひらを上向けて肩をすくめた。日本人離れしたジェスチャーが板についているのは、帰国子女で今も海外での仕事が多いせいだろう。

「でも俺も似たようなことを考えるときはあるな」

「早坂さんが？」

「海外のファッションショーを回ってると身体がふたつほしいと思う」

「ああ、短期間にショーが集中するんですよね」

「もう飯を食う暇もない」

「楽しそうだな」

「楽しいよ。まあ夜は眠るけどね」

ははっと笑い合った。

「今度一緒にいこうか」

「ショーに？」

「ショーのあと、休みを合わせてフランスの田舎《いなか》なんてどうかな。ワイン農家がやってるプチホテルがあるんだ。うまいワインとチーズ片手に、きみとのんびり過ごせたら最高だろうな」

「ワインがおいしいところは料理もおいしいでしょうね」

「いつにする？」

「残念だけど、当分休めないんです」

「寝るのも悔しいくらいだし？」

「そう」

「じゃあ、いつかいこう」

そうですねとシャンパンを飲み干すと、早坂は次はワインにしようとソムリエを呼んだ。ここはプロに任せるよと言われ、水野はソムリエと料理に合うワインの相談をした。

絶え間なく口説いてくるわりに、早坂は深追いはしてこない。好かれている心地よさと、けっしてこちらを追い詰めない余裕を持ってくれるのでストレスを感じない。こんな感じでもう半年ほどが経ち、そろそろ決めどきがきていると思う。

シャンパンとワインを空け、レストランを出たときにはいい気分になっていた。ふわふわ浮いているような足取りで歩いていると、危ないよと手を取られた。大通り沿いで人の行き来が多いけれど誰も他人のことなど見ていない。隣を見ると、にこりとほほえまれた。

「手を離してほしい？」

どうかなと首をかしげると、くらりと眩暈《めまい》がした。

「早坂さんは、俺のなにが好きなんですか？」

「急になに」

「撮影で綺麗な人は見慣れてるだろうに不思議だなって」

「そうだな。綺麗な人は見慣れてる」

「じゃあ」

「見慣れてるから、それ以外のところの比重が重くなる」

そう言ってから、ああ、今の言い方は失礼だったと顔を寄せてくる。

「水野くんは見た目もすごくかわいいし綺麗だ」

耳元でささやかれ、やばいなあと思った。早坂は本当に遊び慣れていそうで、恋人になったらかなり苦労しそうだ。

「真面目な話をすると、撮影中、水野くんが一番手間がかからなかったからかな」

「それ、褒められてる気がしないんですけど」

顔をしかめると、早坂はおかしそうに笑った。

「でも本当。他の四人は眉間《みけん》に皺《しわ》寄せてかっこつけたり、スマイル決めすぎて肝心の手元が留守になってたりして参ったけど、水野くんだけはすごく楽しそうに料理してた。途中で、撮影されてるのわかってるかなってこっちが不安になったくらい」

「すみません」

「謝らなくていいよ。俺は楽しそうに仕事をする人が大好きなんだ」

そう言う早坂こそが楽しそうに見える。

「なに？」

「いえ、早坂さんもきっと楽しそうに仕事をするんだろうなと思って」

すると早坂はぽかんとし、小さく吹き出した。

「やっぱり撮影のときのこと覚えてないのか」

「……あ」

さすがに頬を熱くすると、ほんとかわいいなあと早坂は目を細めた。

「どうしよう。今夜はどうしても一緒にいたくなってきた」

ぎゅっと強く手をにぎられたとき、気持ちもつかまれたような気がした。

――ああ、俺はこの人を好きになれるかもしれない。

黙っていることで気持ちは伝わってしまい、早坂はわずかに歩を速めた。

早坂がフロントで部屋を取っている間、ホテルのロビーで待っていた。久しぶりの展開に少し緊張している。部屋に入るなりキスをされ、抱き合ったままベッドへもつれこんだ。

思った通り、早坂はキスがうまかった。どんどん引きずり込まれていく途中、ポケットの中で携帯が震えた。抱き合っていたので、振動はそのまま早坂に伝わる。無視していたけれど、身体に直接響く振動は気がそがれることはなはだしかった。

「先にシャワーを浴びてくるよ」

早坂は苦笑いで身体を起こし、バスルームにいってしまった。

こんなときに誰だと思いながら携帯を確認し、阿久津慧一という着信履歴を見て、やっぱりかと変に納得した。陶器デザイナーの小久保のときも、雑誌編集の山口のときも、他にも水野に色めいたことが起きるたび、なぜかいつも阿久津が絡んでくる。

そうしていろんな男が現れては消えていったけれど、阿久津だけはつかず離れずつきあいが続いている。だからどうだということはない。なにかが劇的に変わることもない。慣れた心地よさの中に、たまにささくれに似たかすかな痛みが生まれる。

携帯を裏向けて枕元に置き、ベッドに両手を広げて仰向けに目を閉じた。頭の横で携帯が短く振動した。今度はメールだ。きっと阿久津だろう。けれど無視していた。

「寝たのかな？」

頭の上で声がして、ゆっくりと目を開けた。

「早かったね」

「きみの気が変わる前にと思って急いだんだ」

笑いながらキスをしてくる。けれど本格的になる前に離れていく。

「シャワーにいく？」

「うん」

水野は身体を起こした。早坂はすべてにおいて滞りがない。シャワーのあと濡れ髪のまま部屋に戻ると、早坂は頭の下で両手を組んで目を閉じていた。初めて身体を重ねるとき、自分がシャワーから出てきたときはなにもせず、かつ泰然としていてほしいという理想を早坂は楽々とクリアしていた。

——携帯とかいじられてたら、なんとなくしらけるし。

とはいえ、つきあって何年も経つとそうも言っていられなくなる。阿久津もそうだった。シャワーから上がって寝室にいくと、携帯で翌日の仕事の確認をしていた。

「早く声をかけてくれないかな」

目をつぶったまま早坂が言い、ふっと笑った。

「寝てるのかと思った」

「なわけないだろう」

早坂は目を開け、おいでと言うように腕を差し出してきた。素直に倒れ込むと、しっかりと抱きとめられた。かすかに音の立つキスを交わす。

「携帯、また鳴ってたよ」

キスの合間にささやかれ、絡めあう寸前だった舌が引っ込んだ。

「例の彼？」

「え？」

「前にちらっと言ってただろう。昔つきあってた人と今でも友達だって」

「よく覚えてるね」

「気になっていたから」

頬をはさまれ、ふたたび唇を合わせた。

「別れて何年だっけ？」

「五年かな」

答える唇を軽く吸われた。

「まだ好きなの？」

「そんなんじゃないけど」

「けど？」

「好きじゃない」

はっきり断定すると、ごめん、と謝られた。

「ちょっと妬《や》いてしまった」

「早坂さんが？」

驚いて問い返した。

「どうしてそんなに驚く？」

「いつも余裕だし、やきもちを妬くような人には見えなかったから」

すると早坂は眉をひそめた。

「妬くよ。好きなんだから当たり前だろう？」

さっきよりも圧の高いキスをされ、あっという間に体勢を入れ替えられた。

どんな男と寝ても、手順にすごいちがいはない。けれど与えられる感触はちがう。カメラを扱うわりに早坂の手はそれほど大きくはなく、繊細な動きで水野を追い詰める。

阿久津の手は大きかった。ごつごつしていて、そのくせぴたりと水野の身体に寄り添って、あらゆるところを押して、撫で上げて、もみくちゃにして、征服した。

手順に変わりはないのに、他の男とはまったくちがうところに連れていかれた。

たとえば同じ高さまで連れていかれても、落下する場所がちがう。

くったりとしている自分を抱き寄せる腕の強さがちがう。

すっぽりと包みこまれるときに漂う香りがちがう。

抱き合ったあとの阿久津は、眠るには少し妨げになるほど体温が高くなる。

冬はいいけれど、夏はいつも暑くてエアコンの温度を——。

「明日は早い？」

はっと我に返ると、眠そうな早坂と目が合った。行為の間中ちがう男のことを考えていたことを、行為が終わったあとに気づいた。きっとさっきの阿久津からの連絡のせいだ。

「午前中に打ち合わせ入ってるけど、そんなに急がなくていいから」

「そうか。俺は昼からだから一緒に朝食を食べよう」

「うん」

「長い休みが取れたら旅行にもいこう」

「うん」

「どこがいいか考えておいで」

「うん」

「おやすみ」

水野の額に優しくくちづけると、早坂はすぐにうとうとしはじめ、しばらくすると気持ちよさそうな寝息を立てはじめた。行為のあと、すとんと寝る男は健やかでいいと思う。

早坂は精神的に自分よりも幅がある。情熱もあり、余裕もあり、水野をゆったりと甘い気持ちにさせてくれる。つきあったら、きっともっと好きになれる。わかっている。

なのに、どうしてこうも集中できないのだろう。

身体は疲れているのに眠れる気がしなくて、早坂を起こさないよう、そっと腕から抜け出してバスルームへいった。アルコールはもうほとんど抜けている。バスタブの縁に腰かけて、湯がたまるのを待つ間、携帯を確認した。さっきのメールはやっぱり阿久津だった。

《来週、どこか時間があれば夕飯でも》

いつもの阿久津の短い文章。

《木曜ならいいよ》

こちらも短く返して、湯気の立ち込める空気に溜息をとかした。

先月、水野は三十歳になった。忙しかったので特別なことはしなかった。その日にこなさなければいけない仕事をこなし、疲労と共に眠って翌朝目覚めれば、そこにはまたこなさなければいけない仕事が待っている。それを充実と感じる自分がいる。不足などなにもないのに——。

「そういえば、こないだ誕生日だったよな。おめでとう」

才で飲んでいたとき、阿久津が思い出したように言った。誕生日から三日後のことで、少し値の張るワインをおごってくれた。おめでとうと言われ、ありがとうと受け、一口飲んだワインは驚くほどの速さで身体を循環してくったりとさせた。椅子にもたれて、ふうと息を吐いた。

「めずらしく疲れてるな」

阿久津が言い、ワイングラス片手にこくりとうなずいた。

料理ブロガー全盛の時代、業界の生き残りレースは激しい。自分は若手では頭ひとつ抜けた感じだが、言うほどの余裕はない。今のいい波を逃がさないために死に物狂いで働いている。毎日は充実している。楽しい。けれど機械ではないのだから当然疲れる。

「あー、どっか温泉いきたい」

阿久津がおごってくれた花の香りがするワインを飲みながらつぶやいた。

「南の島でもいいなあ」

つけたすと、阿久津もいいなあとうなずいた。

「どこいきたい？」

問われ、タヒチと答えた。

「いったことあるのか？」

「写真で見ただけ。すごく綺麗だった。フランス領だし飯もうまそう」

「いいなあ。海上コテージから直接飛び込める青い海か」

阿久津も頬杖でなにもない宙を見る。

「そういえば沖縄も綺麗だったな」

「ああ、めちゃくちゃよかったな。宮古《みやこ》ブルーは感激だった」

つきあっていたころ、阿久津と一緒に宮古島に旅行にいった。波打ち際にまで光る小さな熱帯魚がいて、ふたりで感動して本格的に海に入るまでにしばらくかかった。水中は透明度が高く、波打ち際よりももっとたくさんの魚が泳いでいた。

「あの魚かわいかったな。オレンジの」

「ニモか」

阿久津が言い、ちがうだろと水野は笑った。

「ニモは映画に出てくる魚の名前」

「ああ、そうか。ほんとの名前なんだっけ」

「カクレクマノミ」

「それそれ。思い出した」

阿久津がうなずく。

「昔も百万回くらい教えてやったのに」

「忘れても、おまえが覚えてるからまあいいかと思って」

「覚えろよ。もういつでも教えてやれるわけじゃないんだから」

「いいよ。ニモの話なんておまえとしかしないから」

——奥さんとは沖縄にはいってないのか。

「宮古島いったの、いつだっけ」

互いのグラスにワインを注ぎながら聞いた。

「大学卒業して……俺が就職した次の年の春だったかな」

「六年前か。そんな前でもないな」

「でも俺たちが出会ってからは十年だぞ。そう考えると長い」

そうだなあと、ちらりと隣を見た。阿久津の横顔は確かに昔とはちがう。ゆるめた襟元《えりもと》のネクタイ。しっかりとした顎と喉仏。スーツの袖《そで》から出るごつりとした手首。

「なに？」

「オッサンになったなあと思って」

おまえもなと返ってくると思ったのに、阿久津はこちらをじっと見たあと、カウンターに向かい直り、大将に「なにか栄養のあるもの作って」と言った。

「栄養？」

「おまえ顔色悪いぞ」

そうかなと水野は自分の頬をなでた。

「最近忙しいからな」

「飯作る仕事してるやつが栄養不足でぶっ倒れたらしゃれにならない」

「うーん、けど作ってる間に腹いっぱいになるんだよな」

「どうせあんまり寝てないんだろう。だったら飯は無理してでも食えよ」

「どうしてわかるんだ？」

「わかるよ。どれだけつきあってると思ってるんだ」

阿久津はそう言って笑っていた。

――十年。

いつの間にか、そんなに経っていたのだ。長かったような、短かったような。気づくとバスタブには半分ほど湯がたまっていて、意味なく足でかきまぜた。あたたかくて気持ちいい。

仕事は忙しいし、やり甲斐があるし、毎日は充実している。

けれど阿久津といると、自分が疲れていることを思い出す。

構えをといて、自分よりも大きなものにもたれかかって甘えたくなる。

疲れたとき、頭をなでてくれる自分だけの手がほしくなる。

足で湯をまぜながら、ふと思った。ああ、これじゃあ、あのときの会話に影響されて早坂を受け入れたみたいだ。なんだか純粋じゃない。けれど恋愛が純粋である必要もない。学生時代は恋愛と純粋は同じ線上にあったけれど、今はそれを両立させることは奇跡に思える。

——早坂さんとは、どれくらい続くかな？

誰かを好きになることはできるけれど、もう阿久津のときのように『それがずっと続く』とは思えない。あんなに信じていた阿久津との関係はたった一晩で崩れた。人の心は一晩で変わることもあって、そんな頼りなく儚《はかな》いものに自分の大部分をあずけることは怖い。

はじまったことは、いつか終わる。

長続きさせるように努力をすることはできるけれど。

きっと阿久津も努力をしているのだろう。才のカウンターで、妻から離婚されそうだと聞いてから一年が経つ。どれだけ気安く話をしていても、阿久津は家庭のことはけっして口にしなかった。あのときも、大将が言わなければ自分は知らないままだったろう。

話を聞くと妻の言い分もわかる気がして、過去の自分と照らし合わせてアドバイスみたいなことをしながら、自分がとんでもない間抜けに思えた。過去の男の離婚問題を聞いているという奇妙な状況に、つい馬鹿なことを言ってしまった。

――今の俺たちなら、うまくいったかもしれないな。

無理だろうとあっさり否定され、くだらないことを言った自分が恥ずかしくなった。

あれ以来、阿久津は離婚についてなにも言わない。一年経っても別れていないのだから、関係は修復されたのだろう。夫婦喧嘩は犬も食わないというのは本当だ。

物思いを吹っ切るように息を吐くと、視界をけぶらせている湯気が揺れた。

早坂とのセックスは悪くなかった。悪くないどころか、かなりよかった。ねちこいやり方は好きじゃないし、さらりとしすぎていても物足りない。そのあたりの加減がちょうどよかった。

早坂とはうまくいいだろうか。

ちがう、うまくいくように努力しよう。

自分もそろそろ新しい一歩を踏み出すべきだ。

とりあえずは明日の朝のことを考えよう。

恋人と初めて食べる朝食はなにがいいだろう。


【阿久津慧一】

一年ほどもめた末、離婚が決まった。

この一年間、安らぐ場所であるはずの家は戦場だった。なんとかやり直そうと話し合い、またすぐ綻《ほころ》び、話し合いの繰り返し。思い出したくないほどひどい言い争いもした。

悪いときには悪いことが重なるもので、半年前に母親がふたたび倒れた。以前とちがい、今度は退院の許可は下りなかった。さすがの庸子も見舞いにきてくれて、母親の前では円満な夫婦を演じてくれた。けれどこちら側の親戚《しんせき》が庸子に子供はまだか、仕事はほどほどにしてはどうかと悪気なく言い、帰りの車中はこれ以上なく険悪な空気に満ちた。

「慧一さんとの結婚は、高速のパーキングエリアみたいなものだった」

庸子にそう言われたとき、修復に向けて努力しようという気が失せた。庸子曰《いわ》く、元々仕事向きだった自分が弱気になった末の結婚だった。傷ついて弱った動物が安全な場所にかくれるように結婚をし、傷をいやし、力を蓄え、ふたたび庸子は目覚めたというわけだ。

「よくわかったよ。お互い、それぞれ別の場所でがんばろう」

阿久津はそう言い、長く不毛な闘いに終止符を打った。

まったくもって最低の一年だったが、それらのことは水野には言わなかった。いろいろなものを犠牲にして選んだはずの道を後悔していることを知られたくなかった。

水野はこの一年でかなりステップアップした。本屋で水野が表紙になっている雑誌を幾度も見かけた。試しにネットで検索すると、読み切れないほどの記事が上がってきて、どの記事でも水野は充実した笑みを浮かべていた。

——こいつの前でみっともないところは見せられないな。

意地というよりやせ我慢だった。なのにこの一年、水野と食事をしたり話をしたりする時間が最低な自分をかろうじて支えていてくれた。笑ってしまうような矛盾だった。

夕方に会社を出て、庸子と待ち合わせているカフェに向かった。庸子は先にきていて、入ってきた阿久津に向かって軽く手を上げた。背筋がまっすぐ伸びている。

「わざわざきてもらってごめんなさい」

「いいよ。きみも忙しくしているんだろう」

庸子は先月からマンションを借りてひとりで暮らしている。

コーヒーを注文してから、鞄から離婚届を取り出して庸子に渡した。庸子は署名と捺印《なついん》を確かめてから「じゃあ、出しておくわね」と自分のバッグにしまいこんだ。爪には美しいベージュのマニキュアが施され、中指には見慣れないリングがはまっている。

「自分で買ったのよ」

阿久津の視線に気づいて庸子が先回りで答えた。

「新しくはじめるんだから、お守りに誕生石のエメラルドを選んだの」

「いいじゃないか。似合うよ」

庸子は苦笑いを浮かべた。

「本当に興味がないのね」

「うん？」

「男の人からもらったのよって言っても、あなたは同じ反応しそう」

「いまさら返事に困ることを言うなよ」

顔をしかめる阿久津に、庸子はふふんと笑った。

「あなたと結婚を決めたとき、わたしは疲れてて、いろんなことから楽になりたかった。わたしがほしかったのは羽根《はね》を休めるための止まり木で、慧一さんみたいな昔風の男に頼り甲斐を感じたのかしらね。今から思えば子供ができなくて幸いだった」

「もうその話はやめよう。終わったことだ」

「終わったからこそ言わせて。わたしは勝手だったし甘かった。本当は気づいてたけど、やり合っているときにそれを口に出したら負けると思ってた。本当にごめんなさい」

庸子は頭を下げた。いきなりの神妙な態度に戸惑ったが、すでに闘いは終わった、武装する必要はもうないのだと気づいた。

「最後だから、ひとつ聞いていい？」

「ああ、どうぞ」

「慧一さんも似たようなものだったんでしょう？」

「うん？」

「好きな人がいたんじゃないの？」

ぽかんとして、答えることができなかった。

「誤解しないでね。慧一さんは完璧に旦那さまをやってたわ。古くさい亭主関白風を吹かせるところはどうかと思うけど、優しかったし、守ってくれたし、全体的に善き夫だった」

「じゃあ、どうしてそんなこと？」

「勘」

「おまえねえ」

「でも、いたんでしょう」

エメラルドの指環をなでながら、庸子はやわらかく断定した。

「……友人はいた」

「ベッドに一緒に入る友人？」

「飯を食うだけだ」

「そっちのほうが腹が立つ」

ぴしゃりとした口調。庸子は一瞬、以前の猛々《たけだけ》しさを取り戻した。

「……悪かった」

観念して頭を下げる阿久津に、庸子はふっと笑みを浮かべた。

「ああ、すっきりした。これで気がすんだわ」

闘いが終わっても、やっぱり庸子は庸子だなとおかしくなった。

短い沈黙をはさんで、「お義母《かあ》さん、どう？」と聞かれた。良くはないと答えると、「そう、心配ね」と庸子は両手でコーヒーカップを包み込んだ。言葉に沿わない少女じみた仕草を見ながら、ああ、本当に他人になったなと感じた。

「じゃあ、元気でね」

「ありがとう。きみも」

店を出たあと、びっくりするくらいあっさり別れた。お互い反対方向に歩き出し、途中で振り返ると、夕方の雑踏の中を歩いていく庸子の背中が見えた。

見事に失敗した結婚だった。自分が心の底から庸子を愛せていたら、こんなことにはならなかったのだろうか。それは考えてもしかたない。自分はそうできなかったし、似たような悔恨は庸子にもあるはずだった。お互いに結婚を甘く見ていた。お互いが本気で相手に向き合っていなかった。けれど四年間ひとつ屋根の下で暮らした相手だ。どうか幸せになってほしいと願った。

──好きな人がいたんじゃないの?

会社へ戻る道すがら、庸子の言葉を思い出した。まさか最後にあんなカードを出されるとは思わなかった。水野と別れたあと、もう二度と会わないはずが、おかしな縁で友人づきあいがはじまってしまったことがそもそもの誤算だったのだ。切らなくてはいけなかった糸をふたたびつないでしまい、気持ちもくしゃくしゃにからまってしまった。

ぼうっと歩いていると、対向からきた人と肩が当たって我に返った。

庸子と離婚した三分後に水野のことを考えている自分にあきれた。なんだこれは。あらゆる意味で最低だ。携帯を出して水野にメールを打った。

《今夜、会えないか？》

混乱している勢いで送信した。ひどく水野に会いたかった。理由はない。ただ会って話をしたかった。顔が見たかった。声が聞きたかった。内容はなくていい。天気のことでも、昼に食べた定食のことでもいい。逆に込み入った話はできそうにない。

手の中で携帯が震え、水野からの返信を知らせた。

《九時くらいになってもいいか？》

《了解。才で待ってる》

そのあとは会社に戻って残業をした。不思議とはかどった。余計なことを考えないよう、脳が仕事にのみ集中しているように感じる。人間は便利にできているなと思った。

なのに一時間、二時間、時間が経つごとに徐々になにかが軋《きし》みはじめる。耐えきれなくなって喫煙スペースに逃げ込んだ。顔見知りの後輩から煙草《たばこ》を一本もらって火をつけた。阿久津さん吸いましたっけと問われ、いや、と短く答えた。

機嫌の悪さを察知して、後輩は喫煙スペースから出ていった。スタンドデスクに肘《ひじ》をついて、大きく煙を吐く。煙草の唯一の利は、遠慮なく溜息をつけるところだ。

四年間の結婚生活が終わって、残ったのは四年分の空白だった。悲しみはなくて、やっちまったなあという溜息が充満している。四年前に提出したテスト用紙に、いまさら0点がついて返ってきた感じだ。ひとつも合ってない。やり直しもできない。

あんなに水野に会いたかったのに、やっぱりやめたくなってきた。こんな状態では天気や昼の定食の話すらできそうにないし、離婚したことはもっと言えない。やっぱり人間はそうそう便利にはできていないようだ。無理をすればどこかが歪《ゆが》む。水野に会って、ひとつこぼしたら、とめどなくみっともない言葉があふれそうで、だったらさっさと断りの連絡を入れればいいのに、それはできなかった。会いたくない。でも会いたい。会いたくない。会いたい。

才には八時過ぎにいった。店先に置かれた円錐《えんすい》の盛り塩。紺の暖簾をくぐると、いらっしゃいと大将の声が迎えてくれる。水野と待ち合わせだと言い、いつものカウンター奥に座るとわずかに落ち着いた。

「阿久津さん、お疲れですか？」

「そう見える？」

「ええ、ぬる燗でもつけましょうか」

いいねとうなずいた。こういうときはあまり飲まないほうがいい。わかっているが、早く心をほどきたくてしかたなかった。あたたかな酒がじんわりと全身に熱を移してくる。

「大将、友情と恋愛のちがいってなんだと思う？」

いい年をして小娘みたいな質問をしてしまった。

「寝るか寝ないかじゃないですか？」

「身も蓋《ふた》もないシンプルさだね」

ザ・男という潔さに笑ってしまった。

「シンプルですかねえ。寝たって友人にも恋人にもならないときもあるのに」

「それは単なる遊びで、友情とも恋愛とも別物だろ」

「いやいや、ごくまれに遊びからはじまる恋もあるじゃないですか」

「たまにあるね。俺はないけど、大将はあるの？」

「今のカミさんとはもののはずみからでしたよ。ついでに熱烈恋愛結婚した前のカミさんとは別れた今でも会いますけど、別に友人でも恋人でも遊びでもない」

「前の奥さんのこと、まだ好きなの？」

「好きってそんな、こっ恥《ぱ》ずかしいこと言わないでくださいよ」

大将は笑って料理をする手元に視線を落とした。

「今の奥さんにバレたら大変なんじゃない？」

「でしょうね」

「会わないほうがいいんじゃない？」

「それが会いたいんですよ。阿久津さんだってそうでしょう？」

「え？」

「水野さんといつも楽しそうに会ってるじゃないですか」

ぐうも音も出ずにうなだれた。庸子に続き、大将にもやりこめられた。

「どうしてこう、あっちもこっちもややこしいんだろう」

「大事なことは、たいがいややこしくできてるんですよ」

なるほどと苦笑いを浮かべたときには、ずいぶん気持ちが軽くなっていた。

四年前に完成させた人生のパズルは、実は完成には程遠かった。

逆に四年前に自分で叩き壊したパズルを懐かしんでいる。

——好きな人がいたんじゃないの？

まさか。いまさらだ。なのに思考がそこから動かない。今のこの奇妙な気持ちを、奇妙なまま水野に打ち明けてみようか。いまさら馬鹿げているだろうか。

酔った頭でぼんやり考えていると、入口の戸が開いた。

「水野さん、いらっしゃい」

大将が声をかける。そちらを見て、上げかけた手が固まった。

水野のうしろには知らない男がいる。

「遅くなって悪い」

「いや、俺が早くきただけだから」

答えながら、水野の隣に立つ男に視線をやった。

「あ、こちら早坂さん。えっと……」

くちごもる水野の代わりに、早坂という男が軽く会釈をした。

「はじめまして、早坂悟《さとる》といいます」

挨拶をしながらポケットから名刺ケースを取り出し、一枚渡してくる。肩書きにカメラマンと書いてある。写真を撮る本人がモデルをできそうな雰囲気のある男だった。

「はじめまして、阿久津慧一と申します」

条件反射で立ち上がり、自分もスーツの胸ポケットから名刺を取り出した。はじめまして、こちらこそ、水野くんとは親しくさせていただいています、ああ、そうなんですかと互いに挨拶をする。水野はなんともいえない表情でこちらを見ている。

――なんだ、この状況。

早坂が水野の男だということはわかる。けれど今までにも水野にはそういう相手は何人かいたし、けれど紹介などされたことはなかった。それはつまり――。

「座敷を用意しましょうか」

立ったままの自分たちに大将が声をかけるが、

「いえ、自分はすぐに失礼するんで」

早坂がにこやかに答えた。

「阿久津さんに一度ご挨拶したくて、急にお邪魔してすみません」

「いいえ。よかったらご一緒にどうぞ」

「ありがとうございます。でもこれから仕事なんですよ」

「残念だな。じゃあ次の機会にぜひ」

お互いに台本があるかのように無難な挨拶をこなしていく。形式を踏んだあと、早坂は水野に向かい合った。互いに親し気な笑みを浮かべる。

「じゃあ俺はいくから」

「うん、いってらっしゃい」

「今夜はどっち？」

早坂が声をひそめて水野に問う。

「明日早いから、うちに帰る」

水野も小さく答える。たったそれだけのやり取りで、水野が早坂の家に頻繁に泊まっていることがわかった。もちろん、早坂はそのことを阿久津に教えるためにそう言った。ふたりだけの秘め事のように声をひそめて、つまりは見せつけたのだ。

じゃあと早坂が言い、外まで送ろうとする水野を構わないと断った。最後にもう一度、阿久津に会釈をして早坂は消えた。失礼のない振る舞いだった。

「急に悪かったな」

カウンターに腰を下ろすなり、水野が謝った。

「いいよ。ちょっと驚いたけど」

いつもの席にいつものように並んでいるのに、微妙に距離を感じている。やっぱり今夜はやめればよかったと後悔した。あんなに会いたかったのに。

「……まあ、なんていうか、さっきの人とつきあってるんだけど」

水野が珍しく照れたように言う。阿久津はメニューを見ながら、ああ、よさそうな人じゃないかと余裕のあるポーズを作った。見栄《みえ》っ張《ぱ》りな自分が嫌になる。

「いつから？」

「先月くらい」

——ついこの間か。

「そうか。落ち着いていて、おまえを大事にしてることが伝わってくる」

動揺を抑えるために、自分から早坂を褒めた。

「しかも情熱的だ」

「なんでそんなことわかるんだよ」

「わかるよ」

ふっと息を吐いた。早坂は三十半ばほど、穏やかで余裕のある大人の男という感じだが、底にはかなりの熱量を持っている。でなければ、わざわざこの場にくるものか。

——光流には俺がいる。手を出すな。

過去の男の値踏みと牽制《けんせい》を、にこやかにスマートにやってのけた。完璧だ。

別れて五年、水野にも色めいた話はあった。どれも長続きしなかったが、ついに水野をかっさらう男が現れた。早坂は今までの男たちとはちがう。親と秤にかけて水野を捨て、挙句失敗し、また水野に甘えようとしていた。そんな最低な自分では太刀打《たちう》ちできない。

「まあ、とりあえずよかった。おめでとう」

ぬる燗の猪口を合わせると、水野はどうもどうもと茶化して頭を下げた。

「ところで、おまえは今日なにかあった？」

「うん？」

「なんか元気ない感じ？」

「あー……」

恋人を紹介された夜に離婚したなんて言えるものか。

「おまえ煙草吸ったろ」

水野が阿久津のスーツにくんと鼻を近づける。水野は味にも香りにも敏感だ。

「普段吸わないおまえが吸うなんて、よっぽどのことがあったんだろう？」

もう笑うしかなかった。これほど自分をわかっている男を、自分から手放したのだ。自分は馬鹿だ。大馬鹿だ。なにより水野を欲している夜にそれを思い知らされるなんて。

「まあ、ちょっと仕事でミスしてな」

「それだけか？」

「ああ、やんなるよ。だから今夜はパーッと飲もうかと思ってな」

水野はまだなにか問いたそうな顔をしていたが、それ以上は踏み込んでこなかった。

「そっか、じゃあ今夜は飲むか」

よろしく頼むと阿久津も笑った。いつもと同じように酒を飲み、いつもと同じようにとりとめのない話をしながら、現れる分岐の標識を見ないようにした。

右折しますか？

左折しますか？

こちらでいいですか？

問われるたび、泣きたい気持ちになった。ああ、悪かった。自分はまちがっていた。もう認めるから、頼むから消えてくれないか。いまさらもうすべて手遅れなのだから。

31 years old

【水野光流】

「水野《みずの》さん、お疲れさまでした。明日もよろしくお願いします」

ディレクターから頭を下げられ、こちらこそと下げ返した。撮影に用意した厨房《ちゅうぼう》機材や調理道具などを片づけてから、アシスタントの赤城《あかぎ》と一緒にホテルに戻った。

「水野先生、夕飯どうします。陶芸家の先生たちは飲みにいくそうで、先生もどうですかって声がかかってます。地元の材料と器を使った郷土料理のお店だって言ってました」

「それは顔を出さないとまずいな。一度部屋に戻ってからいく。赤城くんは？」

「俺は適当にそのあたりですませます。あ、明日の食材のチェックだけお願いします」

メモを見せられ、確認してＯＫとうなずいた。

ホテルの部屋に戻り、急いでシャワーを浴びた。

二日前から東北の小さな町にきている。この地方で焼かれる器の展覧会があり、そこで水野の料理と器のコラボが企画されている。今回はそのパンフレットの撮影だった。『彼氏ご飯』で火がつき、水野は着々と人気フードスタイリストの道を歩いている。仕事の増加にともない、思い切ってアシスタントをひとり雇った。

シャワーのあと、出かける前に早坂《はやさか》に電話をした。

『悟《さとる》、お疲れさま、今、大丈夫？』

問うと、ああ、と返ってきた。少し疲れているような声だ。

『煮詰まってたからちょうどよかった。そっちはどうだ？』

『順調。今から陶芸家の先生たちと飲みにいく』

『いいな。俺も腹が減った』

『忙しくても、飯はちゃんと食いなよ』

『そうだな。できるなら光流《ひかる》の料理が食べたい』

『明後日《あさって》には東京に帰るから、夕飯作りにいこうか？』

『じゃあ俺はうまい酒を買って帰る』

『わかった。なにか食べたいものあったらメールして』

じゃあと電話を切り、シャツを羽織《はお》ってホテルの部屋を出た。

つきあって一年、早坂とはうまくいっている。仕事だけで精いっぱいなときもあるけれど、阿久津《あくつ》のときと同じ失敗をしないよう連絡やデートはまめにしている。といっても、早坂自身も売れっ子カメラマンとして海外出張も多く、水野以上に多忙な身だ。

——お互いに認め合って、極力無理はしないでおこう。

つきあいはじめのころに言われた。腕一本で勝負するフリーランスとして、仕事に対する理解や共感が得やすいことはありがたく、とても楽だった。

東京に戻る日、赤城を先に帰らせて隣町に足を延ばした。個人的に興味を惹《ひ》かれた窯元《かまもと》がいくつかあり、ぽってりとした古風な椿紋《つばきもん》の鉢を買った。とろりとした釉薬《ゆうやく》がかかった薄灰地に白と赤の椿。この器なら淡い春野菜が似合いそうだ。

いい天気だった。ぐるりとなだらかな山に囲まれた小さな町をぶらぶら歩いていると、赤信号の向こうによく見知った男がいるのに気づいた。阿久津？　えっと目を見開く。向こうもこちらに気づき、真昼の横断歩道をはさんで視線を交わした。

「よう」

横断歩道の真ん中で立ち止まった。

「おまえ、なんでこんなところにいるんだよ。会社は？」

最近忙しくて、会うのは一ヶ月ぶりだった。目の前に立つ阿久津は、平日だというのに普段着でコンビニの袋を手にさげている。どう見てもプライベートだ。

「有休中。ここは俺の地元」

「え、あ、そうなんだ。県は覚えてたけど、この町だったのか」

つきあっていたときも、阿久津はそれほど実家の話はしなかった。

「すごい偶然だな」

「ああ」

無造作な答え方に、あれ、と違和感を覚えた。

「なんかあった？」

「なんで」

「元気ない感じだから」

明るい春の日差しの下だというのに、阿久津からはいつにない陰を感じる。

「おまえはほんと鋭いなあ」

阿久津は声を出して笑ったが、まったく力がこもっていない。

「母親が死んだんだ」

「え？」

「葬式とかいろいろあって帰ってきてる」

「……そうか。ご愁傷《しゅうしょう》さまです」

頭を下げたのと、クラクションを鳴らされたのは同時だった。横断歩道の真ん中で立ち話をしていることにようやく気づき、とりあえず阿久津のいく方向にふたりで走った。

「邪魔じゃなかったら、お焼香させてほしい」

「時間いいのか？」

「うん、仕事はもう終わったから。あ、こっちには陶芸展の関係できてるんだ」

「そうか、ここは皿や茶碗が有名だからな」

阿久津は無表情に淡々と話す。感情が宙に浮いているような感じだ。

淡い水色の空の下に、やわらかい黄緑の田園風景が広がっている。右側はひなびた国道。車は少なく、ガソリンスタンドやチェーンの大型靴店がぽつりぽつりと建っている。

国道を外れて十分ほど歩いたところに、阿久津の実家はあった。古い五階建ての団地で、エレベーターがついていない。室内は引っ越し前のようにごたついていた。

「賃貸だし、引き払わないといけないから」

その言葉で、阿久津が帰る家を失ったことを悟った。

居間に簡単な祭壇がしつらえてある。位牌《いはい》と遺骨、仏花と一緒に遺影が置かれている。目元が阿久津に似ている。他人よりも近しい気持ちで水野は手を合わせた。

「六十そこそこなんて早すぎるよな。もっと親孝行する予定だったのに」

母親の遺影を見つめ、テーブルに頬杖《ほおづえ》で阿久津はつぶやいた。父親を早くに亡くし、母親が女手ひとつで阿久津を大学までいかせた。阿久津はそういうことを口にしない男だけれど、普段のちょっとした態度から母親を大事に思っていることがうかがえた。

「お母さん、ちゃんと親孝行してもらったって思ってるよ」

どうだかなあと、阿久津は困った顔で首をかしげた。らしくない頼りない仕草で、本人もそう思ったのだろうか、さりげなく背筋を伸ばした。

「まあ覚悟はしてたんだよ。だいぶ前から悪かったし」

阿久津が笑う。こんなときに無理するなよと歯がゆくなる。けれど弱音を吐かない阿久津の性格は知っている。男はこうあるべきという基本形が阿久津の中には常にある。

「腹、減ってない？」

問うと、阿久津はこちらを見た。

「さっきコンビニの袋持ってただろう。弁当入ってたから」

「ああ、忘れてた」

「よかったら、なんか作ろうか？」

阿久津はまばたきをした。

「いいのか？」

「うん」

「時間は？」

「大丈夫」

阿久津の表情がじわじわとほどけていく。

「あ、でも材料なんもないぞ」

「ここくる途中にスーパーあっただろう。買ってくるよ」

「俺もいく。荷物持ちで」

阿久津がすぐに立ち上がり、ふたりで出かけた。途中で早坂にメールを打った。

《ごめん、打ち合わせが長引いて今夜は帰れそうにない》

嘘《うそ》をついたことに罪悪感を覚えたが、それよりも強い力が自分を引き止めている。

品揃《しなぞろ》えのよくないスーパーだったけれど、地元で採れた野菜は新鮮だった。なにが食べたいかを聞きながら阿久津と買い物カートを押していると、昔のことを思い出してしまう。つきあっていたころ、休日にはよくふたりでスーパーに出かけた。

帰ってからすぐ料理にかかった。阿久津はなにか手伝おうかと言うだけで、水野の周りをうろうろするだけなのも昔のままで笑ってしまった。

「お母さん、料理上手《じょうず》な人だったんだな」

「なんでわかる？」

「調味料の揃え方や、キッチンツールの使い込みようを見たらわかる」

出汁《だし》用《よう》の昆布《こんぶ》や鰹節《かつおぶし》などの乾物類がしっかりと揃っている。醤油《しょうゆ》や味噌は何種類もあるけれど、洋風のスパイスはそれほどでもない。和食が得意だったのだ。

「盛り付けや飾りに凝《こ》ったりはしないけど、基本は押さえて手を抜かない。だらしないことは嫌いで、ひとりでもきちんと箸置《はしお》きと小皿を出してご飯を食べる人だ」

「……なんでそんなことまで」

阿久津は呆然《ぼうぜん》としている。

「わかるんだよ」

水野は包丁を使いながら答えた。食器棚のよく使う場所に小皿と箸置きが置いてある。ふたつはモチーフが合わせてある。台所を見れば、おおかたの性格はわかるのだ。

「ありがとう。母も喜んでると思う」

阿久津は泣きそうな顔で言うと、ダイニングの椅子に腰《こし》かけ、料理をする水野の後ろ姿をずっと眺めていた。両手で頬杖をついて、なんだか小さな男の子のようだった。

次々と料理ができあがっていく。そら豆ごはん、蕗《ふき》と牛肉の炒《いた》めもの、菜の花のからし和《あ》え、かぶとベーコンの味噌汁。凝ったことはせず、なるべく素朴に、手を抜かずに作った。阿久津の母親の料理を食べたことはないけれど、できる限り想像を張り巡らして——。

「いただきます」

手を合わせ、阿久津は最初に味噌汁に口をつけた。

「……あー……、うまい」

かみしめるようなつぶやきだった。

「お母さんの味と比べて、どう？」

「味はちがう。でも似てる」

「どういうこと？」

「わからない。でも似てる」

「相変わらず頼りにならない感想だな」

つきあっていたころもそうだったと小さく笑う。

「母さんの味も、おまえの味も、どっちもほっとするんだよ」

「ずいぶん食わせてないけど、俺の味覚えてるのか？」

「当たり前だ」

阿久津は次々箸をつけていく。うん、うん、とうなずき、すごいスピードで食べていく。がっついた印象にならず、リズムよく阿久津の胃に飲み込まれていく料理たち。料理人の本能に訴えてくる気持ちよさ。つきあっていたころ、自分は阿久津の食べ方が本当に好きだった。

――この台所の人だものな。そりゃあちゃんと躾《しつ》けられてるはずだ。

出会って十年、いまさらだが阿久津の根っこにふれた気がした。

「手作りの飯って、やっぱりいいな」

二杯目の味噌汁を飲みながら、阿久津が溜息まじりにつぶやいた。

「奥さんに毎日作ってもらってるだろう」

そう言ってから、あれ、と気がついた。

「そういえば奥さんは？　仕事？」

急に焦りが込み上げてきた。出過ぎたことをしてしまったかもしれない。

「離婚したんだ」

あまりにあっさりとした言い方だったので、聞きまちがえたかと思った。

「……え、いつ？」

「去年。ああ、おまえから早坂さんを紹介された日だ」

ぐらりと世界がかたむいたように感じた。そういえばと記憶を巻き戻す。確かあの日は珍しく元気がない感じで、阿久津のスーツからは普段吸わない煙草の香りがした。

「なんで黙ってたんだよ」

問うと、阿久津は困った顔をした。

「いや、別に言う必要はないんだけど……。ごめん、ちょっと驚いたから」

阿久津はうなずいただけで、また味噌汁に口をつけた。すべての皿をきれいにたいらげ、ごちそうさまでしたと手を合わせる。大きな手。一緒に軽く頭を下げる癖も変わってない。

「じゃあ、今はひとり暮らし？」

「会社の近くに部屋を借りてる。ひとりなら便利が一番だ」

阿久津は食器を手に立ち上がってシンクへ持っていく。

「俺がやるから座っとけよ。葬式とか部屋の片づけで疲れてるだろう」

「なにかしてるほうが楽なんだ」

阿久津はシャツの袖をまくって水道の蛇口《じゃぐち》をひねる。

水野はもう余計なことは言わず、阿久津の隣に立って皿を洗い出した。

「俺は、やっぱり、なにも親孝行できなかったと思う」

水音にまぎれるように、阿久津がぽつりとつぶやいた。

「そんなことない。おまえはちゃんとやったよ」

気休めだとわかっていても、言わずにはいられなかった。

「いいや。結局孫の顔も見せてやれなかった。一体なんのために結婚したんだか」

一瞬、洗い物をする手が止まってしまった。

「俺がストレートの男だったら、もっといろいろちゃんとしてやれたはずなのに」

つぶやく阿久津の横顔をちらりと見た。

——それ、どういう意味だよ。

——もしかして、おまえはお母さんのために結婚したのか？

わざわざ問うことはしなかった。阿久津の横顔は痛みと後悔にまみれていて、目は一心に手元の皿に注がれている。心ここにあらずな様子に、『そう』なのだとわかった。

——どうして、あのときそう言ってくれなかったんだ。

けれど、言えないことも充分理解できた。

結婚して親を安心させたい、できるなら孫を抱かせてやりたい。ごく一般的な願いが、同性を恋愛対象にする自分たちには越えがたいハードルとなって立ちはだかる。話し合いで解決できればいいが、たいがいは家族ともめる。ひどいときは縁を切られる。自分から切る人もいる。家族のために静かに自分の幸せをあきらめる人もいる。

実家が商売をやっていると、家業を継ぐため田舎《いなか》に帰って結婚するやつが多い。自分の場合は兄が店を継いでいるが、一人息子《ひとりむすこ》だったら今のような人生は歩めなかったかもしれない。ゲイである自分を捨てていく友人たちを見送るたび、世界はふたつあると感じた。

あっちとこっち。混じり合う日はなかなかこない。

阿久津もそうだったのだろうか。

自分にも親にもなにも言わず、ひっそりと自分の幸せをあきらめたのだろうか。

たまに住所録を整理すると、田舎に帰った連中はどうしているかなと思い出す。親のため、もしくは他のなにかのため、人としてごく当たり前の愛し愛される喜びをあきらめた彼らは幸せでいるだろうか。できるなら、どうか笑っていてほしい。

阿久津ともそうなるはずだった。別れて、会うこともなく、いつか思い出になって、住所録を整理しながら、元気かなと苦みと甘みを混ぜた思い出になっただろう。

なのにこうして、なぜか、ふたり並んで皿なんかを洗っている。

——なあ、この六年間、おまえは幸せだったのか？

問いたい。でも問えない。押さえつけられたように胸が苦しくなっていく。

少しずつ夕闇が濃くなって、古い団地の部屋の中は濃い青色に染まっていく。食後のコーヒーを淹《い》れて、ふたりでベランダの柵にもたれて景色を眺めながら飲んだ。

「のんびりしたいい町だな」

「なんにもないけどな」

「俺の地元も似たようなもんだよ」

「そうなの？」

「ここよりはにぎやかだけど」

小さく笑い合う。夕暮れはどんどん夜の領域に踏み出していく。シルエットだけになった山の稜線に一粒、二粒、小さな星が輝いている。帰らなくてもいいのかと聞かれなかったし、自分も言いださなかった。今日は一緒にいたい。お互いそう思っていることがわかる。

ふいに居間のテーブルに置いていた携帯が鳴った。確認しにいくと早坂からだった。

《お疲れさん。俺のことはいいから仕事がんばれ》

短い返信に、ごめんと心の中で謝った。

「早坂さん？」

「うん」

「大丈夫？」

「うん」

うなずきながら、なにが大丈夫なのかわからなかった。

夜は奥の部屋に布団《ふとん》をふたつ並べて眠った。

「今日はありがとうな」

灯《あか》りを消した部屋で阿久津が言った。

「礼なんていいよ」

「さっき手作りの飯はうまいって言ったけど、あれは訂正する」

「まずかった？」

まさかと阿久津が笑う。

「手作りがうまいんじゃなくて、おまえの飯がうまいんだ」

「ありがとう」

「……ほんと好きなんだ」

紺色の夜の中で、密やかな声にどきりとした。

「おまえの飯が」

阿久津はつけたした。

「なんだろうな。昔から俺にぴたっとくる。つきあってたころ、俺がうまいしか言わないからおまえいつもあきれてたろう。でもそうとしか言えなかったんだ。理屈じゃなくて、ただ、ただ、うまいんだよ。血とか骨とか肉になってくのがダイレクトに伝わってくる」

阿久津の言葉に、自分でも戸惑うほどの歓びが湧き上がった。

ミシュランの星だって敵《かな》わないくらいの賛辞に思えるのはなぜだろう。

「さっきおまえが料理作ってるとき、子供のころのこと思い出してた」

「どんな？」

「とんとんって包丁使う音がして、出汁の匂《にお》いがふわって広がって、そのうち甘辛《あまから》い醤油の匂いなんかも混じってくる。家中うまそうになって、体温が高くなっていく感じ」

「うん、わかる」

「今まで思い出したりしなかったのに、おかしいよな。今日のおまえの背中を見てたら急に思い出した。『もうすぐできるからね』って母さんが振り返ったときの顔まで」

忘れていたことすら忘れていたと阿久津は笑った。

「結婚したときさ」

「うん」

「顆粒《かりゅう》の出汁で作った味噌汁が出てきて驚いたんだ」

「それは……今は普通だと思うけど？」

「ああ、けど俺はずっと母親が出汁を取った味噌汁を飲んでたし、一緒に暮らしたおまえもそうだったろう。だからそういうもんなんだと思い込んでたんだ。けど結婚して初めて飲んだ味噌汁の味が自分の知ってるものと全然ちがってさ、なんだこれって」

「そう言ったのか？」

「初の大喧嘩《おおげんか》になった。まあ俺が一方的に怒られただけだけど」

「味噌汁は離婚案件に発展するから気をつけろ、ってもう手遅れか」

「うるさいよ」

笑い合ったあと、阿久津がふと声のトーンを落とした。

「あのとき、母親やおまえがどれだけ手をかけてくれてたか思い知った」

「俺の場合はプロ目指してたから」

それでも、と阿久津は言った。

「俺はいつも、気づくのが遅いんだ」

阿久津の溜息《ためいき》が夜にとけていく。

「もう眠いか？」

「いや」

「まだ話をしてもいい？」

阿久津には珍しい、子供のように甘えた問い方だった。

うん、と答える自分の声も子供じみて聞こえた。

阿久津は子供のころの話をしはじめた。父親を早くに亡くし、母親が働いていたのでずっと鍵っ子だったこと。母親の仕事に合わせて、夕飯はひとりで食べていたこと。その分、休日に母親と差し向かいで食べる食事は楽しかったこと。避難命令が出た台風の夜のこと。怯《おび》える母親の手を引いて、すごい雨と風の中、誇らしく勇敢な気持ちで避難所に向かったこと。

恋人として五年、友人として六年。長いつきあいだが、阿久津がそういうことを語るのは初めてだった。昔から良くも悪くも亭主関白と言われていた阿久津が、どんな道筋を辿《たど》って今の阿久津になっていったのか、手に取るようにわかる。

阿久津とつきあっていたころ、母子家庭で育ったことは聞いていた。それ以上詳しいことは語らなかったが、なんとなく苦労しているんだろうことは察していた。なのに当時は深く掘り下げて考えなかった。自分には夢があり、恋をしていて、毎日は楽しく、それだけで手いっぱいだった。それが悪いとは思わない。深く潜らず先へ先へと泳いでいくのが若さだからだ。

今なら、もう少しちがう角度から阿久津を見ることができる。男らしく頼りがいがある一方で、いろいろなことをひとりで背負い込んで、しんどさを口に出せない阿久津のことを。

——今夜は光流の飯が食いたいな。

つきあっていたころ、そんな電話やメールをよくもらった。あれは阿久津なりの『なあ、俺、疲れちゃったよ』というコールだったんだろう。きっと自分だけに伝えてくれていたんだろう。

——ちゃんと気づいて、もっとうまくフォローしてやればよかった。

こっちも働いてるんだからとか、対等の立場だからとか、そんな簡単に目に見えるようなところではなく、阿久津が後ろ手にかくしているものを想像してやればよかった。

阿久津が自分と別れて結婚をしたのは母親のことがあったからとは思うけれど、それでも自分にもう少し思いやりがあれば、別の結果になっていたかもしれない。

熱いものが目の奥からこみ上げてくる。顔が見えない夜でよかった。

鼻をすすらないよう、小さく口を開けて空気を吸い込んだ。

「悪い。しゃべりすぎだな」

阿久津が照れくさそうにつぶやいた。

「いいよ。もっと話してほしい」

「そう言われると話しづらくなる」

ふたりで密やかに笑い合った。

「そういえば、標識ってあるだろう」

阿久津が思い出したように言う。

「右折とか、左折とか、直進とか」

「うん」

「あれ、たまに頭の中に浮かぶんだ」

「うん」

「本当にこっちでいいのかって、俺はずっと考えてるみたいだ」

それきり阿久津は黙り込んでしまい、自分も先をうながすことはしなかった。

頭の中に標識のイメージが浮かぶ。

右折しますか？

左折しますか？

こちらでいいですか？

満天の空の下、どこへ向かってもいいのに、どこにもいけずにぽつんと立ち尽くしているイメージが浮かぶ。じっと息すら殺して、ふたり並んで静かな夜の中にいた。


【阿久津慧一】


実家も引き払い、ようやく一息ついた。

会社に近いというだけの理由で適当に決めた１ＬＤＫのマンションは先日まではスカスカだったが、母親の形見にと引き取った荷物で今は手狭になった。

生活は乱れがちだ。ひとりだと暮らしはどんどん雑になる。外食も増えた。牛丼やラーメンなどのファストフード、飲みたいときは居酒屋のつまみで夕飯をすませてしまう。帰宅するとシャワーを浴び、寝るまでの短い時間を居間でビールを飲みながら無為に過ごす。

——ご飯だけはちゃんと食べなさいよ。

母親の声が聞こえた気がして、サイドボードを見た。そこにはノートサイズのモダンな仏壇が置いてある。独身で賃貸暮らしだと言ったら、今はこういうものもありますよと葬儀社の人に教えてもらった。ずるずると床を這《は》って移動し、小さな仏壇に手を合わせる。

――母さん、心配するな。バツイチひとり暮らしの三十男なんてこんなもんだ。

空き缶をゴミ箱に捨て、キッチンに新しいビールを取りにいく。冷蔵庫を開けると、酒以外なにもなかった。空っぽの庫内を白々とした光が照らしている。なんとなくしゃがみ込み、ひんやりとした空気を受けながら水野のことを考えた。

あれは不思議な一日だった。

会うはずのない場所で会い、自分の家の台所に水野が立ち、料理を作っていることが信じられなかった。夢を見ているようで、なのに妙にしっくりきていた。

水野は一度も会ったことのない母親の輪郭を正確にとらえ、母親が使っていたまな板や包丁や鍋で料理を作った。六年ぶりに食べる水野の料理は、泣きたくなるほどうまかった。

素朴で飾らない、安心する味に、いろんなことを思い出した。

あの日、病院のベッドで母親が言ったこと。

――慧一《けいいち》が幸せなら、お母さん、それが一番いいって今は思ってる。

当時は自分の罪悪感を晴らすことに精一杯で、水野と別れ、結婚の道を選ぶことが母親の愛情に応《こた》えることだと思い込んでいた。けれど自分は、実は一番の親不孝の道を選んだのかもしれない。母親が願っていたのは、いつでも『子供の幸せ』だったのに。

後悔だらけの母親の葬式や諸々《もろもろ》の手続きの中、水野に出会った。

あれはもしかして、母親が会わせてくれたんじゃないだろうか。

そんな馬鹿なことを考えている自分を恥ずかしく思った。

今の自分を見たら、母親は心配で成仏《じょうぶつ》できないかもしれない。薄暗いキッチンで、空っぽの冷蔵庫の前にしゃがみ込み、白々とした光に照らされている今の自分を見たら。

どうしたら幸せになれるんだろう。

三十も越して、こんなことを考えてる自分が気持ち悪い。

溜息をつき、二本目の缶ビールを取り出して居間に戻った。

翌週、台湾《タイワン》いきの辞令が下りた。台湾支社との共同プロジェクトで、少し前から誰かがいかされるだろうとみんな戦々恐々としていたが、まさか自分とは思わなかった。

「家庭持ちよりも、身軽な独身のほうがいいからな」

課長からそう言われ、なるほどと納得した。なんとなく既婚気分で他人顔だったが、今の自分は独身だった。わかりました、がんばってきますと頭を下げた。

「しっかり頼むぞ。まあプロジェクト限定で一年だけだから」

とは言っても、こういうのは延びるものと相場が決まっている。別に構やしない。母親を亡くして、実家も引き払い、今の自分には帰る場所も待つ家族もない。どうでもいい。

「最近、やさぐれてない？」

仲のいい同僚にそう言われ、かもな、と笑顔で受け流した。

住居は台湾支社のほうで用意してくれる。阿久津は北京語《ペキンご》を習い直した。赴任までは一ヶ月もないけれど、大学時代の友人の結婚式に出席できたことはよかった。もう一週間ずれていたらアウトだった。水野にはまだ転勤の話はしていない。

よく晴れた晩夏の日曜日、友人の結婚式はおこなわれた。式のあと、レストランを借り切ってのパーティには懐かしい顔がたくさんあった。

「阿久津、久しぶりだなあ。元気だったか？」

「離婚したんだって？」

「浮気したのか。されたのか。どっちだ」

いまどき離婚なんて珍しくもないので、変に気を遣われないですむのがありがたい。集まった友人たちの中には離婚協議真っ最中のやつや、密かに離婚したいと願っているやつまでいて、結婚式だというのにあまりめでたくない話題で盛り上がってしまった。

「でも、子供はかわいいよ」

誰かが言い、子持ち組がうなずいた。今年で二歳になるのだと、携帯の待ち受け画面にしている息子の写真を見せてくれた。子供はふくふくとした笑みを浮かべている。大福みたいだなと誰かが言い、娘じゃなくてよかったよと父親もうなずき、みんなで笑った。

二次会が終わり、三次会にいくグループからひとり抜け出した。昼から飲んでいるのでかなり酔っている。にぎやかな空気から切り離されて、ふとさびしくなった。ぶらぶら歩きながら、携帯で水野の番号を呼び出した。四回目の呼び出し音で『もしもし』と水野が出る。

『あー……』

なんだかほっとして、意味のない溜息に似た声が出た。

『電話してきて、あーってなんだよ』

『えらい酔ったんだ。昼から飲んでる』

『うらやましい話だな。こっちはさっきまで仕事してたってのに』

嫌そうに言われ、くっくっと肩を揺すった。

『大学のときの友達の結婚式の帰りなんだ。出てこられる？』

どこにいるのか問われ、場所を告げると、水野はすぐ近くのスタジオにいた。さっきまで撮影をしていて、もう帰るところだというので会うことになった。適当に目についたスタンディングバーで待っていると、水野は十分ほどでやってきた。

「ほんとに酔ってるな」

「なんでわかる？」

「目がとろとろ」

水野はエールを頼んだ。乾杯をすると、結婚式で撮った写真を見せろと言われた。水野も知っている顔があり、懐かしいなあと興味深そうに見ている。

「みんないい感じにオッサンになってたぞ」

「と、みんなもおまえを見て同じことを思ったろうな」

まちがいないとうなずいた。

「もう十年だもんな。引っ越しや実家Uターンで連絡取れなくなったやつもいるし」

「ああ、そういえば俺も来月から台湾いくことになった」

「へえ、出張？」

「転勤」

えっと水野がこちらを見た。

「どれくらい？」

「一年間」

水野の表情がゆるんだ。

「驚かせるなよ。一年なんてあっという間だ」

「まあ一年で帰ってきたやつはいないけどな」

そう言うと、水野はふうんと複雑そうな顔でエールに口をつける。

「おまえ、ほんといっつも大事なことを言わないな」

ほんの少し不愉快そうな横顔に背中を押された。

「一緒にくるか？」

問うと、横目でにらまれた。

「酔いすぎ」

額をぺちっと叩《たた》かれ、簡単によろめいた。混み合うスタンディングバーで反対隣の客にもたれかかってしまい、慌てて水野が支えてくれた。ああ、本当に酔っている。

「冗談だよ。彼氏持ちの売れっ子フードスタイリストなんか連れていけるか」

「まったく、酔っ払いはこれだから」

意味なく笑い続けていると、ふっと水野が真顔に戻った。

「まあ、台湾なんて飛行機乗ったらすぐだよ。それに飯もいい。魯肉飯《ルーローハン》、牡蠣《かき》のお好み焼き、牛肉麺《ぎゅうにくめん》、小籠包《ショーロンポー》、刀削麺《とうしょうめん》。安くてうまい、B級グルメ天国だ」

「太りそうだな」

「もう太ってるから気にするな」

どこがと隣を見ると、スーツの上から横腹をつままれた。

「ちょっと腹出た感じ？　顎《あご》のあたりも微妙にだぶついてるような」

検分する目に焦り、慌てて顎の下や腹をさすった。

「最近、食生活が乱れてたからな」

「忙しくても飯だけはちゃんと食えよ」

「わかってるよ」

「返事だけ。聞いちゃいない」

苦笑いをする水野の横顔に母親の声が重なる。

——ご飯だけはちゃんと食べなさいよ。

ああ、駄目だ。水野といると懐かしく、苦しく、泣きたい気持ちにさせられる。

「早坂さんと仲良くやれよ」

くだらない感傷を振り切るように言った。

「おまえも台湾人の彼氏作れよ」

それもいいなと答えながら、もう一度エールで乾杯をした。ざわついた真夜中のスタンディングバーで、ついに国外追放だ、これを機にすべてを仕切り直そうと静かに決めた。

32 years old

【水野光流】

事務所に戻ると、おかえりなさいとスタッフから声がかかった。

「ただいまー。ああ疲れた。テレビの収録って愛想《あいそ》も体力もばりばり削られる」

人目よけの眼鏡《めがね》を外し、ソファにどさりと腰を下ろした。

「先生、お疲れさまです。これチェックしてください」

生絞りのオレンジスカッシュと一緒に、雑誌の校正刷りを渡された。

「帰ってきたばかりだから、少しいたわってほしい」

「『食卓手帳《しょくたくてちょう》』さんから急ぎでお願いしますとのことです」

新しく入ったアシスタントの久地《くじ》は、物静かな印象のわりに押しが強い。観念して校正刷りのチェックをしていく。オレンジスカッシュに添えられたフレッシュミントの香りが清々《すがすが》しい。料理に使えるハーブ類ばかりを栽培しているベランダの緑が鮮やかに目に映った。

年々増えていく仕事をさばききれずに、今年に入って住居と仕事場をわけた。料理アシスタントふたりの他に、事務スタッフも雇い入れた。人を増やしたぶん責任は重くなったけれど、仕事は今のところ順調にいっている。

「これはOK。これも」

文章と料理写真の色味をチェックして久地に渡していると携帯が鳴った。早坂だ。明日から早坂は撮影でミラノへいくので、今夜会う約束をしていたのだけど——。

『もしもし、俺』

『うん、どした？』

『悪い。仕事が押してて今夜は無理そうだ』

そうではないかと思った。

『わかった。仕事ならしかたない』

『土産《みやげ》買ってくるよ。なにがいい？』

『仕事でいくんだからいいよ。それより最近ヨーロッパも物騒だから気をつけて』

『ありがとう。帰ったらまた連絡する』

電話を切ると、久地がなにか言いたそうな顔をしていた。

「早坂さんからですか？」

「そうだけど？」

「今夜の予定をキャンセルされたんじゃないですか？」

「うん、仕事が押してるらしい」

「あの人、俺の知り合いと浮気してますよ。今夜も会うみたいです」

いきなりかよ――と思ったが態度には出さなかった。こういう業界なので水野は自分がゲイであることを殊更《ことさら》かくしていないし、早坂も同じスタンスなので、近しい関係者はふたりがつきあっていることを知っている。にしても、久地は涼やかな見た目でずばずば切り込んでくる男だ。

「そう。忠告ありがとう」

「知ってたんですか？」

「知ってますよ」

校正刷りのチェックをしながら歌うように答える。

「これOK、これも、ああ、これはちょっと明るすぎるかな」

こっくりとした飴色《あめいろ》が美しい煮物なので、もう少し陰影があるほうが味醂《みりん》の照りが映えるように思う。修正指示の書き込みをしてから久地に渡した。

「余裕なんですね」

「そういうわけでもないけど」

「じゃあ、どういうことです？」

「仕事場でする話じゃないってこと。それ急ぎなんだろう？」

笑顔で黙らせると、久地はバツが悪そうに一礼してデスクに戻っていった。

久地から仕事以上の好意を寄せられていることは薄々気づいていた。ありがたいけれど、職場に持ち込まれるのは面倒だ。先のことを懸念しながら、ふと笑いたくなった。

——恋人の浮気より、気にするのは仕事のことか。

けれど、早坂の浮気はこれが初めてではない。以前から耳に入っていたし、初めて聞いたときは腹が立ったが、カメラマンなんて九割浮気するもんだ、あきらめろと友人に慰められ、それもそうだよなあとうなずいた。他の男と会っているからと言って、早坂が水野を雑に扱うことはけっしてないし、相手は短期間でころころ変わるので遊びだとわかる。

——かといって、平気なわけじゃないけど。

キャンセルになって空いた時間、ゲイ仲間の飲み会に顔を出した。仕事は山積みだけれど、ひとりで事務所にいたら余計なことを考えてしまいそうだった。

「言っても三十八の売れっ子カメラマンと、三十二の売れっ子フードスタイリストのカップルだろう。ここは大人《おとな》として、お互い目をつぶるところはつぶるのが長続きのコツだな」

「そうそう。つきあうときは両目を開いて、結婚したら片目をつぶれって言葉もある」

「俺は結婚なんてしてませんん」

友人たちの言葉にぶすっと言い返すと、

「俺たちは誰とも結婚できませーん」

誰かが言い、笑いが起きた。

「気にすんな。浮気なんておやつだよ。自分は主食だって思っとけばいいんだ」

「そうそう、光流は『俺は米！』的な自信を持っとけばいい」

「どんな自信だ」

笑いながら、内心は複雑だった。早坂の浮気に腹を立てているのに、徹底的には傷ついていない。そうならないようあらかじめ気持ちをセーブしている自分に気づく。

「もー、そんな落ち込むなよう」

黙っている水野を心配して、友人がぎゅっと肩を抱いてくる。

「落ち込んでないけどさあ」

「けど、なんだよ」

「昔とちがって、いろいろ恋愛だけでくれなくなってきてるなと思って」

二十歳《はたち》のころ夢見ていた仕事は、三十二歳の今は現実になった。生き残り競争は激しく、日々気が抜けない。恋愛で死にそうな目に遭っても仕事を休むことはできない。生活もある。

「毎日いっぱいいっぱいで、正直、恋愛でまで余計なもめごとは起こしたくないと思うようになった。ちょっと腹が立っても、喧嘩する面倒を考えたら目をつぶるようになった。自分がめちゃくちゃになる恋愛より、自分が安定する恋愛がいいと思うようになった」

「わかる気がする」

「たまに好きでつきあってるのか、楽だからつきあってるのかわからなくなる。だからって『相手のこと本当には好きじゃない』って単純にくるのもちがう気がするし」

うまくまとめきれずに終わらせると、みんな考えるように宙を見上げた。

「まあ、大人になったってことかな」

ひとりがつぶやき、わずかな間が空いた。

「そうだよ。痛い目見て、経験積んで、賢くなったんだ。事故を起こす前に、そうならないよう気を配るようになった。それのなにが悪い。失うもののことを考えたら当然だ」

「わかるけど、なんかさびしいな」

「でもぶっちゃけ、すごくすごく好きになっても、こいつとつきあったら人生破滅するなっていう相手とはつきあえないよ。今、会社クビになったら老後どうすんのって話」

「いきなり老後に飛ぶのかよ」

「結婚できない、子供いない、生涯独身のゲイがそこを考えるのは当たり前」

「老後を考えつつ、人生破滅するような恋にも憧れるのが三十代だな」

わかるわかるとみんながうなずいた。そのあと、しかしもしも破滅するなら相手は誰がいいかという話題で盛り上がり、旬の俳優や話題のラグビー選手の名前にまぎれて、水野の話は尻切《しりき》れトンボに流れていった。あらゆる事柄は、いつの間にか流れていく。

早坂とのつきあいに大きな不満はない。充実の中にも小さな我慢はあるものだし、その中でできることを精一杯やっている。もうあんな大きな失敗はしたくないと思っている。

阿久津のときのような失敗は――。

壊れてしまうんじゃないかと思うほど、恋愛で傷ついたのはあのときだけだ。あのときの自分は若くて、いろいろなことが明るいまま続いていくと信じていた。今はそんな馬鹿げた夢は見られない。友人曰《いわ》く、痛い目を見て、経験を積んで、大人になったのだ。

「そういえば、慧一元気でやってるのか。今、台湾だっけ」

問われ、ああ、と答えた。

「三十越して初海外暮らしって大変だよなあ。しかも離婚してさびしい独り身」

みんながおかしそうに笑い合う。みんな若いころからの仲間で、水野と阿久津の経緯を知っている。水野をふって女と結婚したと知れたときは非難轟々《ごうごう》だったが、今は笑い話だ。

「けど光流と慧一もわかんないよなあ。俺なら自分を捨てて女と結婚した男なんて絶対に許せないね。なのにずっと友達やってるし、慧一は慧一で結局離婚してるし」

「この際だし、浮気者のカメラマン捨てて慧一とやり直すか？」

完全におもしろがっている顔に、それもいいなとこちらも冗談で返しておいた。

阿久津が台湾にいって半年が経つ。最後にメールがきたのは一ヶ月ほど前で、内容はいつもたわいないことばかりだ。日本の味でも送ってやろうかと思ったが、台湾なら日本食などどこでも手に入る。心配性の母親かと、自分で自分を笑ってみた。

けれど離婚と親の死のあと、まだ日も浅いうちの海外転勤だった。台湾など近いのだから、一度訪ねてみようかとたまに思う。阿久津が頼りないというわけではない。逆に人前ではしっかりと振る舞う男だからこそ、自分の中だけで疲れをためているのではないか。

——明日、電話してみようかな。

そんなことを考えていた翌日、当の本人から電話がきた。相変わらずのタイミングのよさで、来月日本に帰る予定があるので飲まないかと言われて気分が上がった。

『いいな。じゃあ久しぶりに才に顔だすか。台湾の話聞かせろ』

わずかに阿久津が口ごもった。

『ん、他の店がいい？』

『いや、そうじゃないんだけど』

困ったような照れたような口調に、ある予感がよぎった。

『たいしたことじゃないんだけど』

『うん、なに』

『恋人ができた』

予想通りだったので、驚かないでいられた。

『それはそれは、おめでとう。よかったじゃないか。台湾の人？』

『日本人。こっちのレストランでシェフ見習いをしてる男の子』

男の子、という言い方が気になった。

『もしかして、すごく若かったりする？』
『まあ少し』
『いくつ？』
『二十歳』
――は？
『ひとまわりも年下？』
思わず声が大きくなった。
『へえーっ、なるほどねえ。それはそれは。外国暮らしは開放的でいいな』
動揺をごまかしたくて、大袈裟《おおげさ》に茶化すような言い方になった。
『はいはい、覚悟してたから好きになじってくれ』
『開き直られると、おもしろくなくなる』
『それはよかった。で、おまえは早坂さんとどうなんだ』
『うまくいってるよ。こないだの誕生日は休暇も兼ねてハワイで祝ってもらったし』
言わなくてもいいことを言ったのは、妙な対抗心からだった。
『ワイハかあ。年季の入った金持ちカップルはいいよなあ』
『いやいや、二十歳の彼氏持ちには敵いませんよ』
軽口を叩き合いながら、言葉が上滑りしているように感じていた。

『それで、よかったら四人で会わないか』

いきなり話が飛び、え、と問い返した。

『眞紀《まき》が、ああ、その子の名前なんだけど』

その子――。甘ったるい言い方がささくれみたいに胸に刺さった。

『眞紀がおまえに会いたいって言うんだ』

『は？　なんで？』

『いや、まあ、俺がおまえの話をよくするから』

反応に困る答えだった。

『どんな話してるんだよ』

『正直に、元恋人で今は気の合う友人だって』

『おまえねえ。余計なこと言って二十歳のかわい子ちゃんを煽《あお》るなよ』

『最初は普通に友人だって言ってたんだ。でもなにか引っかかることがあったみたいで、本当かって詰め寄られた。そこで嘘つくほうが後々もめそうだろう』

『わかるけど、俺、そういうの苦手なんだよ』

『おまえも前に早坂さんを連れてきたことがあっただろう』

痛いところをつかれ、結局、来月四人で会うことを約束して電話を切った。

「二十歳の彼氏……」

なんとなくつぶやいて窓を見た。仕事場のベランダ窓に自分の姿が映っている。妙に情けない顔をしているので笑ってみたが、馬鹿みたいなのでやめた。

ベランダへ出て、観賞用と料理用に育てている鉢植えのハーブに水をやった。ミントの葉を一枚ちぎり、指でさすって香りを立たせる。すうと吸い込んで目を閉じた。

ミントの効能は鎮静と鎮痛――。

六月の梅雨空《つゆぞら》のような鬱々《うつうつ》とした調子で日々が過ぎていく。阿久津の恋人に会いたいような、会いたくないような。仕事でつまらないミスをしてスタッフに心配された。

約束の日の二日前に梅雨が明け、東京はひどく蒸していた。早坂と最寄り駅の本屋で待ち合わせて才へいくと、すでに阿久津たちはきていた。いつもならカウンターに座るのだが、今日は座敷を用意をしてもらいビールで乾杯をした。

「はじめまして、山本《やまもと》眞紀です」

阿久津の恋人は、人懐こい笑顔が魅力的な子だった。

「無理を言ってすみません。彼氏の元彼で親友ってどんな人なのか興味湧いちゃって」

危惧していたような牽制《けんせい》のそぶりはなく、屈託のない様子は逆に好感が持てた。

「眞紀くんは台湾でシェフ修業をしているんだって？」

「料理が好きなだけで、修業というほど本格的じゃありません。水野さんはプロのフードスタイリストなんですよね。あ、空港の本屋にあったので買ってきたんです」

サインくださいと水野がシリーズで出しているレシピ本を出され、思わずはいはいと受け取ってしまった。ありがとうございますときちんと頭を下げるので、図々《ずうずう》しい感じはしない。サインをしている間、眞紀は早坂に話しかけた。

「早坂さんはカメラマンなんですよね。ファッション関係ですか？」

「よくわかるね」

「おしゃれで友達のファッションカメラマンに雰囲気が似てるから。フランス人だけど」

「プロ？」

「駆け出しだけど、ネイサンって子で『カレニナ』でたまに撮ってます」

「『カレニナ』って、もしかしてネイサン・フーリエ？」

「え、知り合い？」

「俺の友人の弟子《でし》だ。一月のパリコレでも顔を合わせた」

眞紀と早坂はすぐに意気投合し、放っておいても盛り上がりはじめた。

——いつも光流が世話になってるし、一度ちゃんと挨拶しないとな。

今日の飲み会に誘ったときも、早坂の言葉にはなんの含みもなかった。つきあいはじめの二年前、早坂にしては珍しく阿久津に張り合うようなことをした。今はずいぶん余裕だなと思ったけれど、これも関係が安定している証拠なのだろう。自分が早坂の浮気に目をつぶっているように——。

「久しぶりだな。元気そうでよかった」

早坂と眞紀が盛り上がっている横で、阿久津と改めて冷酒の猪口《ちょこ》を合わせた。

「ずいぶんと楽しそうな外国暮らしで」

からかうように笑うと、やめろよと阿久津は苦笑いを浮かべた。

「ちょっと若返ったんじゃないか？」

「向こうでジムに通って腹を引っ込めた」

「若い彼氏にメタボな腹なんて見せられないからな。涙ぐましい努力だ」

「涙ぐましくて悪かったな。おまえが言ってた通り、向こうの飯がうますぎたんだよ。外食天国で急激に太ってさすがにやばいと思ったんだ。ジム通って、飯もなるべく素食にして」

「素食って台湾の精進料理？」

「最近は宗教上の理由以外に、ダイエット目的でも流行《はや》ってる」

「興味はあるんだけど、食べたことないんだよな」

「近いんだから一回こいよ。俺が案内してやる」

「あ、だったらオーナーに頼んで特別裏メニューだしますよ」

眞紀が話に入ってきた。

「俺が働いてる店が素食専門店で、そこで慧ちゃんと知り合ったんです」

「ああ、そうなんだ」

――慧ちゃん、ね。

「初めて会ったときの慧ちゃんって、なんか冴《さ》えない感じだったんですよ。初めての海外赴任って聞いてなるほどと思いました。おじさんになってから初めての外国暮らしはきついってよく聞いてたから。大丈夫かなあって、見てるうちに俺もだんだん心配になっちゃって」

「ちょっと待ってよ。阿久津くんがおじさんなら俺はどうなるの？」

割り込んできた早坂に、眞紀は笑顔で答えた。

「どうなるもなにも、三十越したらみんなおじさんですよ」

あっけらかんとした答えに、眞紀をのぞいた三人は肩を落とした。

「日本人って変ですね。俺、今、おじさんって言葉を悪い意味で使ってなかったのに、勝手にネガティブにとらえるのはどうかと思います。ヨーロッパだといろんな経験を積んでる豊かな年代ってイメージなのに。そもそも三十代はおじさんの中では若輩もいいところです」

あまりに爽快《そうかい》な物言いに、早坂が吹き出した。

「いいね、眞紀くんみたいな子は大好きだよ」

笑う早坂に、眞紀も「早坂さんもいい感じです」と返した。

「えっと、なんの話してたっけ。あ、そうだ、水野さん、台湾きたら、ぜひうちの店に食べにきてください。うちの店は地元民に人気の本当においしい店なんです。慧ちゃんのたるんだお腹《なか》を引き締めたという実績もあるんですから。いいでしょう、このライン」

眞紀は阿久津の腰をさわさわとなで、阿久津がやめなさいと笑いながら身体をよじる。阿久津の猪口から酒がこぼれ、水野はいちゃつくんじゃないよとおしぼりを投げてやった。

盛り上がった空気のまま二軒目にいき、帰りは夜中を過ぎた。

「こんなに飲んだの久しぶりだな」

蒸し暑い空気をかきわけて歩きながら、水野は夜空を見上げて息を吐いた。早坂と眞紀は少し前を歩いている。高校を卒業したあといろいろな国を回っている眞紀と、海外出張の多い早坂は根本的に気が合うようで、今はスペインのマイナーな島について話をしている。

「おまえはいいよなあ」

アルコールで身体も頭も軽くなっていて、深く考えることなく気持ちが口からこぼれた。

なにが、と隣を歩く阿久津が聞いてくる。

「あんなかわいくて若い彼氏作って、毎日ウハウハなんだろ」

「ウハウハって死語だぞ」

「おじさんだからしかたないんだ」

溜息をつくと、阿久津はなるほどと笑った。

「で、どんな手で二十歳を口説《くど》いたんだよ」

阿久津は笑っているだけで答えない。

「ほら、早く吐けよ」

肩をぶつけると、からみ酒かと笑われた。

「そんなの人に言うことじゃないだろ」

「毎日ときめきまくりだろ？」

「どうだろうな」

「え、二十歳とつきあっててときめかないの？」

「あー、はいはい、ときめいてるときめいてる、ドキがムネムネ」

「それウハウハよりも死語じゃないか」

「おじさんだからしかたない、だろう？」

問われ、水野はふっと笑った。

「二十歳の子に言われたら怒れないよな」

「だな」

苦笑いを交わし合うと、なんだかおかしな気分になってきた。

「そういえばこないだ佐伯《さえき》たちと飲んでて、『慧一は元気か』って聞かれた」

「おお、みんな元気か」

「元気。みんなでおまえの離婚をネタに盛り上がった」

「おい」

「おまえが独身に戻ったことだし、俺たちやり直せばいいのにって言われた」

阿久津がこちらを見たので、冗談だよ、とすぐにつけたした。

「あー……、うん、ああ、冗談に決まってるよな」

「そう、冗談」

ふたりでうなずきながら歩いていく。

自分と阿久津の間には、言葉にできないなにかがある気がしていた。正直に言えば、阿久津に恋人ができたと聞いたとき、なんともいえない気持ちになった。良くも悪くも亭主関白な阿久津のよさを、二十歳の若い子が理解できるだろうかと傲慢《ごうまん》な心配をしていた。

けれど実際会ってみた眞紀は、とても素直で魅力的だった。自分の心配など余計なお世話だったことに安心し、一方で、若い恋人に夢中だろう阿久津を見るのは癪《しゃく》に障《さわ》った。

長くつきあってきた中で、いろんな感情が混ざり合って、ひとつだけ取り出すことなど不可能になってしまった、今のこの気持ちをどう説明すればいいんだろう。

「おもしろいよなあ」

ぼんやりつぶやくと、阿久津がこちらを見た。

「別れたとき、こんなふうになるって想像もしなかったよ」

「ああ、お互い彼氏同伴で飲む仲になるなんてな」

「あのころの自分に教えてやりたい」

阿久津と別れ、ひとりの家に帰りたくなくて、毎晩飲み歩いて友人に迷惑をかけた。味覚が鈍って、味がわからなくなって、夢をあきらめかけた。生きてるのがしんどいと思うほどの大失恋だったが、自分は今も元気で生きている。夢だった仕事は順調で、恋人とも円満で、ほろ酔い気分で阿久津と並んで歩いている。人生はなにが起きるかわからない。

会話が途切れたまま、黙って歩いていく。

通りを走る車のライトが、次々と自分たちを追い越していく。

「いろいろあったけど、それなりにお互い落ち着いたな」

阿久津が言った。曖昧《あいまい》な言葉。けれど人生なんて曖昧なことだらけだ。はっきり答えが出ることのほうが少なく、一度出た答えが数年後に引っくり返ることもよくある。

「おまえも、早坂さんとうまくいってるみたいで安心した」

うまく――という部分にわずかにひっかかったけれど。

「うん、そうだな。一緒にいて楽だよ。余裕があるから喧嘩にならない」

「前に俺にスマートに喧嘩を売ってきたけど？」

二年前の才での挨拶を思い出して笑った。

「そういう時期はもう過ぎた。ほら、今夜は機嫌がいいだろう」

前を歩く早坂に顎をしゃくってみせた。眞紀と笑って話をしている。

「ああ、おしゃれで楽しくてモテそうな人だ。浮気されないよう気をつけろよ」

「と言われても、カメラマンって職業柄気をつけようがない。人はパンのみにて生きるにあらずってキリストも言ってるし、人生には浮気という名のおやつも必要なんだろ」

肩をすくめると、ちがうちがうと返された。

「その言葉は、『神の口から出るひとつひとつの言葉による』って続くんだ」

「どういう意味？」

「かなり大雑把にまとめると、人が生きるためには飯を食わなきゃいけないが、それだけでもいけない。神の教えに従って精神性も高めましょうって感じかな。だからさっきの会話に当てはめるなら、浮気なんて神の教えに反することはやめろという逆の意味になる」

「へえ、よくそんなこと知ってるな」

「台湾支社の上司が熱心なクリスチャンでいろいろ教えてくれるんだ」

「ああ、暗におまえに精神性を高めろって忠告してるんだな」

「え、そうなの？」

阿久津がぎょっとしたので冗談だと笑った。

「なんの話してたんだっけ」

「早坂さんの浮気の話。モテそうだから気をつけろ」

「わかった。目先の欲望だけじゃなく、精神性を高めるように言っとくよ」

「それがいい。ところであのふたり、どこまでいくのかな」

阿久津が早坂と眞紀に目を向けた。

「タクシー拾うからって通りに出たのに全然拾わないな」

「三軒目いく気かな」

「だったら、おまえらだけでいってこい。俺は明日早い」

「俺も朝からテレビの収録」

「じゃあ早坂さんと眞紀で……ってわけにはいかないか」

「さすがにな」

おーいと声をかけるとふたりが振り向いた。

「もうタクシー停めるぞ」

返事を待たず、ちょうど走ってきたタクシーに手を挙げた。先に乗れと言ったのに、いいよと阿久津が言い、水野と早坂はじゃあお先にと一緒に乗り込んだ。

「早坂さん、水野さん、台湾にきたときはうちの店にも寄ってくださいね」

「ああ、きっと連絡するよ。今日はとても楽しかった」

上機嫌で挨拶を交わす早坂と眞紀の隣で、水野は阿久津に視線をやった。

「じゃあまた。眞紀くんと仲良くしろよ」

「ああ、おまえも」

ほほえみ合う自分たちの隣には、もうそれぞれのパートナーがいる。

33 years old

【阿久津慧一】

どうせ延びるだろうとあきらめていた一年の赴任期間は予想通り延び、しかし覚悟していたよりは早く終わり、二年で日本に帰国できることになった。辞令が下りたときは嬉しかった。台湾は住みやすい街だったが、それでも暮らすなら母国がいい。

「おまえはどうする？」

もちろん眞紀にも聞いてみた。

「どうするって？」

「これからだよ。日本と台湾。続かない距離じゃないけど、今までよりは努力が必要になる。俺はできるなら眞紀と一緒に日本に帰りたい。それが無理なら遠距離で続ける努力をする」

「俺は日本に帰るよ」

あまりのためらいのなさに驚いた。

「でも慧ちゃんとは別々に帰る」

「え？」

「俺も慧ちゃんに言わなきゃいけないことがある」

そのあと打ち明けられたことは、阿久津に深い眩暈《めまい》を与えた。

そろそろ秋風が吹きはじめる日本に帰国し、まずは水野に会った。盛り塩と紺の暖簾《のれん》。いつきても清々しい才のカウンターの一番奥に座って、水野はもう一杯やっていた。

「お疲れ。悪いけど先に飲んでた」

「いいよ。大将、俺も同じものを」

「はい、久保田《くぼた》のぬる燗《かん》で。一杯目はおごりますよ。阿久津さん、おかえりなさい」

カウンター越しにねぎらわれ、またよろしくと頭を下げた。

ぬる燗で乾杯をしたあと、阿久津はふうと椅子《いす》にもたれた。

「まさか、こういう展開になるとはな」

「ああ、予想外すぎた」

水野も猪口を飲み干し、深くて大きな溜息をついた。

自分と眞紀と水野と早坂、ここで四人で会ったのは去年のことだ。あの夜がきっかけで、早坂と眞紀は惹かれ合い、自分と水野は失恋の憂き目に遭うこととなった。

「最初からずいぶん気が合ってたみたいだしな」

「まあなあ。しかし日本と台湾で浮気とは」

「悟ならやるよ。仕事でアメリカやヨーロッパへしょっちゅういってるし、日帰りできる台湾なんて回覧板を渡しにいく程度の距離だ」

「回覧板も国際的になったもんだ」

阿久津はぬるい酒を雑な手つきで猪口に注いだ。

「けど、おまえもあれだな。外国いって、ひとまわりも下の若い子とラブラブで、ドキがムネムネとか死語を使って浮かれてるから、こんな悲惨なことになったんじゃないのか」

「あれはおまえが言わせたんだ。というか、おまえこそ早坂さんと三年目だろう。前に喧嘩もしないって言ってたけど、喧嘩もできないほど冷めてたってことじゃないのか」

「おまえに言われたくないんだけど」

「俺だっておまえに言われたくない」

言い争いの気配が漂いはじめたとき、

「争いは同じレベルの者同士でしか発生しないらしいですよ」

大将がさらっと言い、お互いがくりとうなだれた。

「早坂さんが頻繁に回覧板を回しにいくのに気づかなかったのか？」

「会わない日に、いちいち相手がどこにいるかなんて確認しない」

「のんきすぎるぞ。前に会ったとき気をつけろって言っただろう」

「目先の欲望より精神性を高めるようにだっけ。ああ、ちゃんと言った。多分それで神の声に従い、真実の愛に向かって精神性を高める決意をしたんじゃないかな」

「……なるほど」

うまいことを言うと笑ったが、笑い声は力なく響いた。

「おまえのほうはどうなんだよ、眞紀くんはもう日本に？」

「先週にな。早坂さんと暮らすと言っていた」

「そうか」

「早坂さんから聞いてないのか？」

「別れた男が別れたあとになにをするか聞く必要ないだろう」

その通りすぎて、またもやなるほどとうなずいた。次はなに飲もうかなと、水野は酒のメニューを見ている。

顔を合わせるまで、どれだけ水野が傷ついているだろうか想像して怯えていた。おまえのせいだと責められたら、土下座《どげざ》でもなんでもしようと思っていた。けれど隣にいる水野は元気とまではいわないが、サバサバしていて特に湿っぽさは感じない。

「まあよかったよ」

水野がふっと息を吐いた。

「本当は今日怖かったんだ。若い彼氏にフラれて、どれだけおまえがへこんでるだろうって」

「それは俺の台詞《せりふ》だ。三年もつきあった彼氏にフラれてへこんでるだろうと思ってた」

「へこんでるよ。ショックだったし」

「俺だってショックだったし、へこんでる」

自然と溜息をこぼすと、隣で同じように水野も溜息をついた。顔を見合わせて苦笑いを交わす。負け戦を共に戦った、同志のような気持ちになった。

「しかたない。今日は飲むか」

「ああ、飲もう」

大将に一番高い酒を頼むと、七万のワインですけどいいですかと問われ、それはやばいと慌てて取り消して手頃なものを頼んだ。阿久津は久しぶりに心から笑った。

ぬる燗からはじまり、ワインを飲み、気持ちよく酔いが回ったところで日本酒に戻り、酔いの勢いで二丁目へ繰り出した。水野と共通の知り合いであるミチルママがやっているニューハーフバーで、それぞれ失恋の愚痴を吐き出した。

「光流をふるなんて馬鹿な男ね。絶対に後悔するわ」

すらりとした脚線美が美しい、迫力のミチルママが憤慨する。

「しかも乗り換えた先が二十歳のピチピチっていうのが腹立つわあ。そういう仁義のないやつは一回死ぬべきよ。ああ、でも同じコースを辿って死んだ男がここにもいたっけ」

ちらりと横目で見られて焦った。

「俺は乗り換えたわけじゃない。一緒にしないでくれ」

「慧一の場合はもっとひどいわ。光流を捨てて、よりにもよって女と結婚なんて若い男に走るほうがまだましよ。まあでも慧一も奥さんに捨てられて、せっかくできた若い彼氏にも捨てられたんだからかわいそうね。因果応報ってところだけど」

辛辣《しんらつ》な言葉に一斉に笑いが起きる。同じ失恋という憂き目に遭いながら、水野との扱いの差はひどいものだ。しかし水野が楽しそうに笑っているので、もういい。

「はいはい、すみませんでした。すべて俺が悪うございます」

頭を下げると、これからは真っ当なゲイとして生きるのよとミチルママは慈愛深くほほえんだ。

「じゃあ、厄払《やくばら》いでもしましょう。慧一持ちでドンペリのゴールドなんかいいわね」

「いや、それはちょっと」

「こんな夜にケチケチしなさんな。ふたりの新しい門出《かどで》に乾杯よ」

一斉に拍手が起こり、もういいかと半ばやけ気味で高級シャンパンを開けてやった。そのあともブランデーのボトルを開け、陽気なオネエたちと一緒に馬鹿騒ぎをし、明け方近く、べろべろの状態で水野のマンションに辿りついた。

「あー、俺はまだ飲めるぞ。ビールでも日本酒でもなんでも持ってこい」

「ビールは冷蔵庫。ワインと日本酒は横の棚。好きに飲め」

「馬鹿野郎、これ以上飲んだら死ぬ。殺す気か」

「どっちだよ」

リビングダイニングの床にふたりして大の字で寝転び、意味なく笑い合った。そのうち寝息が聞こえてきた。重い身体《からだ》を横にすると、水野は仰向《あおむ》けで目を閉じていた。苦しそうに眉根《まゆね》を寄せている。のろのろと手を伸ばし、指で眉間《みけん》を押さえた。

「……う…ん」

水野の唇《くちびる》から息がもれる。眉間の上で円を描くように指を動かしていると、だんだんと表情がやわらいでいく。苦しそうだった寝息がほどけるのを待って指を離した。

「……ばちが当たったのかなあ」

話しかけたけれど、当然返事はない。

「……ばちだよな。どう考えても」

ひとりごとのように、眠る水野に語りかけた。

「おまえ前に聞いただろう。どんな手で二十歳を口説いたんだって」

そんなの言うことじゃないとごまかしたけれど、本当に言えなかったのだ。

庸子《ようこ》と離婚したあと、まだ水野への気持ちが残っていることをようやく認められた。けれど水野にはすでに早坂がいた。惨めな負け犬のように台湾へいき、眞紀と出会った。眞紀は潑剌《はつらつ》としていて、裏表がなく、思ったことを素直に口にする。

「……初めて出会ったときのおまえに似てたんだ」

食べたくもない精進料理の店に足しげく通い、厨房と店内を忙《せわ》しなく行き来する眞紀を見ているだけで癒《いや》された。そんな自分の視線に眞紀が気づいた。

――さびしいの？

帰りがけにふいに声をかけられ、一緒に携帯の番号を渡された。

水野に似ているという不純な動機ではじまったつきあいは、見事にしっぺ返しを食らう形で終わった。世の中はうまく帳尻が合っている。誰かを傷つけた者は、いつか誰かに傷つけられるのだ。自分勝手な自分が眞紀に捨てられたのは当然だ。因果応報。自業自得《じごうじとく》。

けれど、と水野の横顔を見つめた。ひどいことをした自分と、なにもしていない水野が同じ罰を受けるのは納得できない。因果応報というのなら、水野はなんの報いを受けたのだろう。

翌日は休日で、目が覚めると昼を過ぎていた。

「……喉《のど》からから」

水野の声はひどくかすれていた。

「干からびて死にそうだ」

答える自分の声も同様だった。

「キッチンまでが砂漠に思える」

「シルクロード並だな」

すぐそこに見えているキッチンへの道が果てなく感じられる。

「おまえ、ひどい顔してるぞ」

「おまえもな。ガサガサでバリバリ」

「頭も痛い」

「プラス吐きそうだ」

ひどい二日酔いで、ふたりともアメーバのように床に貼りついているしかできない。半分死にかけながら午後中をだらだら過ごした。どれくらい飲んだのか、三軒目にいったのか、どうやって帰ってきたのか、どうでもいいことを話し続け、ようやく起き上がれるようになった。

「そういえば、昨日おまえ言ってたな」

キッチンでミネラルウォーターを飲み、水野が思い出したようにつぶやいた。

「俺と悟が喧嘩もできないほど冷めてたんじゃないかって」

「あー……、悪かった。なにも知らないのに」

「いいよ。その通りだったんだ」

水野は冷めた目でミネラルウォーターの瓶を見つめた。

「悟があちこち浮気してるの知ってて、俺は怒らなかった」

「は？　浮気？」

思わず眉根を寄せると、水野が慌てたようにこちらを見た。

「いや、眞紀くんは浮気じゃない。一緒に暮らすなんて絶対本気だから安心しろ」

「眞紀のことなんか聞いてない。おまえの話だよ。浮気って眞紀の前に？」

「あ、うん。主食とちがって三時のおやつみたいにころころ変わる」

「なに冗談みたいに言ってんだ。そんなに浮気されまくってるのにどうして怒らない。というかあの男、おまえって恋人がいるのに最悪じゃないか」

「カメラマンだし、まあしかたないよ」

「カメラマンでもサラリーマンでも浮気はルール違反だ」

「そうだけど、なんかそう思ってたんだ。だから眞紀くんとのことを聞いたときもあんまりショックは受けなかった。別れたいって言われて、わかったって言ったら逆に向こうが怒った」

「なんて」

「『光流は俺を本当には好きじゃなかったよな』って」

瞬間、ぐわりと怒りが湧き上がった。

「それは勝手すぎるだろう」

怒りをあらわにすると、水野は苦笑いを返した。

「散々浮気されて、そんなことまで言われてのんきに笑ってる場合か」

「うーん、頭ではそう思うんだけどなあ」

水野はミネラルウォーターを口にふくんだ。

「けど、やっぱり俺が悪かったんだと思う。悟だって最初から浮気してたわけじゃない。俺がどっか集中しきれてなくて、だから悟は浮気するようになったのかもしれない」

「馬鹿言うな。浮気したほうが自分の罪悪感をごまかそうとしてるだけだ。そんな手にまんまと乗せられて自分を責めるな。おまえはなにも悪くない。おまえはちょっとお目にかかれないくらいのいい男だ。おまえを恋人にもって浮気をするやつが百パーセント悪いんだ」

怒りのまま言葉を重ねると水野はぽかんとし、我に返って恥ずかしくなった。

「……まあ、俺がどの面《つら》下げてって感じだけど」

バツの悪い思いで首筋をいじっていると、水野はふっと笑った。

「サンキュウ」

二日酔いでくたびれているくせに、笑った水野は綺麗《きれい》だった。

ミネラルウォーターの瓶を手にリビングに戻り、座面の広いソファの右側と左側に向かい合って座った。カーテン越しにやわらかな光が差し込んでいる。

「人を好きになるって、昔はもっと簡単だった気がするんだけどなあ」

クッションに頭や首を埋もれさせ、水野はだるそうに目をつぶっている。ぐずっている子供みたいだなと思いながら、ソファの真ん中で足がふれ合うのを慎重に避けていた。

「いつからこんなに難しくなったんだろう」

水野は拗《す》ねた子供のように唇をとがらせる。

「いろいろ考えるからじゃないか」

「なにも考えないで恋するなんて、もうできない」

「それはそうだな」

薄いグレイと白のカーテン越し、太陽の位置が変わっていく。部屋の中の色合いが少しずつ変わっていくのを眺めていると、ゆるゆると瞼《まぶた》が下がってくる。

いつの間にか眠ってしまっていて、目覚めると部屋にはオレンジの灯りがついていた。室内にはふくよかな出汁の香りが満ちていて、トントンと包丁を使う音が聞こえてくる。

白くて清潔感のあるリビングダイニング。カウンター越しに、料理をしている水野の上半身が見える。包丁を使う伏し目がちの表情。材料を刻みながら、たまに視線を横にすべらせる。鍋を火にかけているんだろう。湯気が上がっている。

「ああ、起きた？」

水野がこちらを見た。

「うん」

身体を起こし、ようやくブランケットをかけてもらっていることに気づいた。肌《はだ》に優しい手触りのそれを四つに畳《たた》んでソファの背もたれにかける。

「そういうこと、するようになったんだな」

「うん？」

「ブランケット。昔は畳んだりしなかった」

「そうだっけ」

「くちゃくちゃのまま放りっぱなし」

「俺も少しは成長したんだろう」

「ほんと少しだな」

「伸びしろの少ないおじさんだから大目に見てくれ」

うーんと伸びをしてからキッチンへいく。

「なに作ってるの」

「二日酔いにきく、みぞれつくね鍋」

湯気を上げる土鍋には昆布が敷かれている。うっすらと琥珀色《こはくいろ》をした出汁にくんくんと鼻を鳴らした。酷使されてぐったりしていた胃腸が息を吹き返す。

「用事頼んでいい？」

いいよと答えると、おろし金《がね》と半分に切った大根を渡された。

「大根おろし頼む」

「こんなに？」

「多いほうがおいしいんだ。特に二日酔いの翌日は」

「わかった。まかせろ」

阿久津はおろし金と大根を手にソファに戻り、気合いを入れて大根をすりはじめた。ふと顔を上げると、キッチンのカウンター越しにこちらを見ている水野と目が合った。

「見張らなくても、大根おろしくらいはできるぞ」

水野は笑い、お互い作業に戻った。しゃこしゃことおろし金と大根がすれる音が耳に気持ちいい。ふくよかな出汁の香りに、キッチンで料理をする水野の気配がまじる。ボウルにいっぱいの大根おろしがすりあがったときには、テーブルはすでに整っていた。

「なに飲む。一応ビールあるけど」

「さすがに今日はいい」

賛成と笑い、水野は冷蔵庫から緑茶の入ったガラスポットを持ってきた、グラスに注がれる美しい黄緑色。普段飲んでいる緑茶とはちがう。すっきりしているのにやわらかくて甘みがある。

「うまいな」

「水出しの玉露《ぎょくろ》」

「淹れるの難しそう」

「ミネラルウォーターに茶葉入れるだけ。時間はかかるけどおまえでも淹れられる」

もういいかなと水野が土鍋の蓋を開ける。立ち上った湯気で一瞬視界をふさがれる。白くつややかな豆腐《とうふ》と鶏肉のつくね、たっぷりの豆苗《とうみょう》。シンプルな鍋に大量の大根おろしを投入する。

急に食欲が湧いてきて、いただきますと手を合わせた。

「……うますぎる」

かみしめるようなつぶやきになった。濃厚な出汁の旨《うま》みと大根おろしのさわやかさ。

「二日酔いの翌日にこれ以上の飯はない」

「だろ。アルコールで失われた水分と塩気の補給にはうってつけ」

「なるほど。理《り》に適《かな》ってるのか」

「なにもなければ塩と水を舐《な》めておけばいい」

「けど、二日酔いの朝食に塩と水だけが出てきたら離婚争議に発展しそうだな」

「離婚と騒ぐ前に、すべての酔っ払いはご飯を作ってくれる人に感謝するべき」

「その通りだ。どうもありがとうございます」

頭を下げると、水野はよろしいと笑った。ぱさぱさに渇いていた身体に、水野の笑顔や久しぶりの出汁の味が沁《し》み込んでくる。あたたかく、やわらかい。ここしばらく荒れていた気持ちがみるみる穏やかになっていき、なんだか笑ってしまった。水野が不思議そうに首をかしげる。

「いつ食べても光流の飯は最高だと思って」

水野がわずかに目を見開いた。

別れてから、水野を名前で呼んだのは初めてだった。

友人になっても、ずっと下の名前で呼んではいけないような気がしていた。水野のほうも自分を名前で呼ばなかった。それはもう互いが互いのものではないという暗黙の了解だった。自分には庸子という妻がいて、そうでないとき水野には早坂という恋人がいた。

七年ぶりに自分の口からもれた『光流』という響きに、自分でも戸惑ってしまうほどの懐かし

さが込み上げてくる。たかが名前だ。なのに夏や冬の長い休暇、ようやく地元に帰ったときのような安堵《あんど》を感じる。母を亡くし、帰る実家も失った自分には久しぶりの感覚だった。

「慧一、早く食べないと煮えすぎる」

瞬間、さらに胸が詰まった。七年ぶりに水野の声で呼ばれた『慧一』という響き。照れくささと、それ以上にしっくりくるこの感じ。鍋をはさんで、同じタイミングでほほえみ合った。

「うん、このつくね、普通より軽くてやわらかい」

「つなぎに豆腐使ってる。二日酔いだしあっさりめがいいと思って」

「柚子胡椒《ゆずこしょう》あるけど使う?」

「それ大当たり」

「いいねえ」

「ちょっと待って。豆苗もっかい入れたら取ってくる」

「いい。俺がいく」

立ち上がり、キッチンに柚子胡椒を取りにいった。出汁鍋には柚子胡椒。些細な自分の好みを覚えていてくれていたことが嬉しかった。

職業柄、さすがに大きな冷蔵庫のドアを開ける。目が自然とドアポケットの三段目にいく。そこにはちゃんと柚子胡椒の瓶があった。醤油を冷蔵庫に入れるのも変わらない。

初めて入った部屋なのに、そんな感じがしないのが不思議だった。

一方で、なにも不思議ではない気もする。
八年も前なのに、身体が水野との暮らしを覚えている。

34 years old

【水野光流】

「先生、そろそろ起きてください」

　肩を揺さぶられて目が覚めた。アシスタントの久地の肩越し、開け放された座敷から庭の南国の植物、その向こうにエメラルドグリーンに光る真夏の海が見える。

「うっかり寝てた。悪い、すぐ準備する」

　立ち上がり、撮影現場の一角に用意された調理場に向かった。付箋《ふせん》がついた台本をめくる。次に用意するのは海老《えび》とドライマトの香味オイル、鶏とブラックオリーブの檸檬《レモン》煮込み。

「大丈夫ですか。顔色悪いですよ」

　食材の下準備をしながら、久地が心配そうな目を向けてくる。

「眠いだけ。昨日三時間しか寝てないから」

「なにしてたんですか」

「十二月に出すおせち本のレシピ考えてた」

「先月の雑誌で『季節感を大事にしたい』って言ってませんでした？」

聞こえないふりで、水がたっぷり張られた寸胴鍋《ずんどうなべ》を持ち上げた。

「ああ、そういう力仕事は俺がやりますから」

慌てて止められて水野はあきれた。

「俺はかよわい女の子じゃないんだぞ」

「知ってます。その上で、俺が助けたいのはかよわい女じゃなくて先生です」

水野は苦笑いを浮かべ、「はいはい、じゃあ頼む」と寸胴鍋を渡した。以前から好意を持たれていることは感じていたが、久地もそれを察して、最近ではよりストレートになってきている。余裕で受け流すふりをしているけれど、内心では結構ひやひやしているのだ。若さの勢いというものを甘く見てはいけない。

「普段ならここまで世話焼きはしませんけど、最近の先生のスケジュールは異常です。こんなのが続いたら身体を壊します。阿久津さんも少し考えてくれればいいのに」

「俺が判断して引き受けた仕事だから」

そこはぴしゃりと諌《いさ》めた。久地は納得できない様子ながら口を閉じる。

とはいえ、久地の言うことは事実だった。映画の料理監修で沖縄と東京を頻繁に行き来し、ここ一ヶ月の忙しさは尋常ではない。日帰り撮影などが入ると正直ふらふらになる。

発端は二ヶ月前、阿久津の勤めている東西《とうざい》フードがスポンサーについている映画で、予定していたフードスタイリストのスケジュールが押さえられていなかったという、信じられない間抜けなトラブルが起きた。原作になっている漫画でも沖縄の古民家で暮らすイケメン四兄弟が作る料理がウリになっていて、そこは妥協できないと監督も譲らない。

慌てて代わりを探したが、それなりに名の通ったフードスタイリストの予定を急に取れるはずもない。そこで若手一番人気である水野光流と阿久津が知り合いだと聞いた会社の上司から、なんとか話を通してくれないかと阿久津にお鉢が回ってきたのだ。

――無理は重々承知している。なんとか力を貸してもらえないか。

事務所にたずねてきた阿久津は深々と頭を下げた。

――わかった。引き受ける。

事務所にいたスタッフたちがぎょっとこちらを見た。

「先生、勘弁してくださいよ。それでなくても忙しいのに、映画の監修なんてめんどくさい仕事無茶です。都内ならまだしも沖縄ロケですよ。移動だけでも大変です」

阿久津が帰ったあと、スケジュールを管理しているスタッフに詰め寄られた。きついのはわかっている。けれど阿久津が仕事のことで頼みごとをしてくるなんて初めてなのだ。しかも頭まで下げられた。どれほど忙しくても、断るという選択はなかった。

互いの恋人が恋に落ちるという最悪の展開にふたりでやけ酒をあおって以来、恋愛などする気にもなれず、お互い仕事に精を出している。元彼氏、友人、そこに同志めいたものまで加わってしまい、以前よりも阿久津とは頻繁に顔を合わせるようになった。

外で飲むばかりだったのが、今では普通に互いのマンションに出入りしている。

去年の冬は、インテリアとの兼ね合いでコタツを入れられない水野の嘆きを知り、阿久津はコタツを購入して自分の部屋に置いてくれた。一度だけ泊まったこともある。大晦日《おおみそか》、阿久津のマンションで年越しをしたのだ。コタツの上にはかごに入ったみかんもあった。

——あー、ぬくぬくだなあ。やっぱ冬はコタツにみかんだなあ。

——やばいな。悪魔的な気持ちよさだ。

——慧一、みかんなくなった。取ってきて。

——無理。こたつと一体化中。

くだらないことを話しながら、紅白を観ながら年越し蕎麦《そば》を食べ、阿久津のマンションの近くにある小さな神社に初詣《はつもう》でにいった。おみくじはふたりとも小吉だった。

——年初めから『小』って微妙だな。小さくまとまった感ありあり。

素直に喜べないでいると、凶じゃないだけマシと思おうと慰められた。

——それもそうだな。去年はひどい目に遭った。

——だよな。まあ俺は年末辺りでトントンになったけど。

——なにかいいことあったのか?

問うと、あったと阿久津はうなずいた。

――何年ぶりかでコタツでみかん食ったし、うまい年越し蕎麦も食えたし。

――うーん、小吉っぽい。

――光流のおかげでさびしい年越しにならずにすんだ。

――それはお互いさま。ひとり者同士いい正月だ。

そんなことを話し、出店《でみせ》で買った甘酒をちびちび飲みながらマンションに帰った。

友人との新年会では、「おまえら、やっぱりもうくっついちまえよ」と言われた。「残り物には福がある」とか「腐れ縁を通り越した発酵縁」とか、ひどい言われようだった。正直なことを言えば、阿久津との復縁は考えないわけではないけれど――。

「水野さん、東西フードの方がいらっしゃってますけど」

顔を上げると、撮影スタッフのうしろに阿久津が立っていた。

「お疲れさん。九州出張だったからついでに寄ってみた」

「全然ついでじゃないですね」

冷たく突っ込みを入れた久地を受け流し、阿久津は撮影スタッフに大量の冷えた飲み物を差し入れた。両手にぶら下げたコンビニ袋には飲み物と一緒に氷が詰まっている、一番近いコンビニでも二十分は歩くので相当重かっただろう。阿久津は阿久津なりに、無理な依頼をしたことをわかって気を遣ってくれている。

「わざわざありがとう。暑かっただろう」

「こっちはカラッとしてるからそうでもない。撮影どう？」

「順調順調。まかせろよ」

余裕で答える水野の横で、「……無理しすぎ」と久地がぼそりとつぶやく。余計なことを言うなと、作業テーブルの下で足を蹴《け》っ飛ばした。

「撮影見ていってもいいか？」

「もちろん。スポンサーさまさまですから」

話していると、助監督がやってきた。

「水野さん、調理指導お願いします。檸檬煮込みの鶏をさばくシーンで」

「あ、はい。じゃあ久地くん、続き頼む。檸檬の皮は一緒に煮込むから捨てないで」

水野は撮影現場へ向かった。阿久津もついてくる。料理監修は撮影に使われる料理を作るだけでなく、俳優に包丁のにぎり方や食材の扱い方などの演技指導もする。

「じゃあ鶏の下準備を教えます。事前撮影でしめて血抜きまではするそうなので、真下《ました》くんがやるのは羽根《はね》をむしるところから。茹《ゆ》でてからだし、むしりやすいと思います」

「羽根をむしるんですか？　手で？」

「大丈夫。生とちがって茹でると簡単にむしれます。がんばりましょう」

そういう問題ではないのだろうが、笑顔でスルーした。

「……よろしくお願いします」

映画の主役である真下陽光《ようこう》は不安そうに、けれど深々と頭を下げた。子役出身の人気俳優で、一時期見なかったのに最近またブレイクしている。下《した》っ端《ぱ》のスタッフにも礼儀正しく気さく、仕事に対して真摯《しんし》なので現場が気持ちよく回ると聞いている。

「羽根をむしったあと、こまかい産毛《うぶげ》はバーナーで焼いて、そこまでやったものがこれ。肉屋やスーパーでもよく見る丸鶏です。でもこの中にはまだ内臓が詰まってるんで、これを取り除くまでが下準備。じゃあ、ここからの内臓抜きは真下くんも実際にやっていこう。お尻から手を入れて、中の肉をしっかりつかむ。そのままゆっくり引き抜いていって」

真下の顔は盛大に引きつっていた。

「さわれるかな。大丈夫？」

真下は覚悟を決めたようにうなずき、鶏のお尻に手を入れていく。怯えつつも、しっかりと目を凝らしているところに俳優魂を感じる。

「あ、あの、抜けません。なんか抵抗が……」

「内臓同士や骨がからみ合ってるからね。小刻みに引っ張ると、繊維がちぎれる感触が伝わってくると思う。それを確かめながら、ゆっくりと引き抜いていって」

少しずつ、真っ赤な塊《かたまり》が顔を出す。周りにいるスタッフの何人かがうわっと顔を背けた。こういうのは生理的恐怖なのでしかたない。

「ここは丁寧にやってください。中を綺麗にしとかないと臭《くさ》みや食中毒の元になる」

「はい」

真下は冷や汗をにじませながらも、真剣な顔で鶏と格闘している。虚構の世界なので本当はここまでしなくてもいい。けれど実感がともなったときの臨場感はちがうと思う。

「……すごかったなあ」

指導を終わらせてふたたび調理室での準備に戻ると、阿久津がつぶやいた。

「気持ち悪かっただろう」

撮影に使うオイルソースを調合しながら聞いた。

「いや。逆。すごくかっこよかった。流行りの料理男子映画かと思ってたけど、あれに『俺は今日も命を食べている』って真下くんのナレーションがかぶるんだろう。なんか観たくなったよ」

「ほんと？　俺が言い出したことだから、そう言ってもらえると嬉しい」

「光流から？」

「普段自分が口にしてるものがなんなのか、鶏一匹がどうやって一口大のパックになるのか、なかなか見る機会ないだろう。知っといても損はないと俺は思うんだけど」

食べるという行為は、絶対的に他の命を奪うことを意味する。日本では馴染みが薄いけれど、ジビエ料理を食べるとそれを強烈に意識する。歯ごたえがあって、なかなかかみ切れなくて、生命の弾力をダイレクトに感じる。他者の血と肉と命を、自分の血と肉と命に組み替える行為。

「元々はもうさばいてある鶏で料理する予定だったんだけど、せっかくだし、さばくシーンから入れてみるほうが力強いんじゃないかって提案してみたんだ。監督も乗り気になってくれて、それなら主人公のキャラクターに奥行きも出るって台本も一部書き換えになった」

阿久津はぽかんとした。

「……おまえ、すごいんだな」

「うん？」

「自分がなにを食ってるかなんて、深く考えたこと俺は一度もなかった。単純にうまいとか、まずいとか、牛だなとか、豚だなとか、魚だなとか、そんなことくらいしか」

「俺だっていつもいつもそんなこと考えてるわけじゃない。ただ、うちは実家がレストランだから、食材の仕入れ先にはよく一緒に連れていってもらってたんだ」

「へえ」

「中学までは畑や農場だったんだけど、高校に上がって初めて肉の処理する現場に連れていかれて、それがかなり強烈な体験で、正直怖かったんだけど……」

一方、いただきますとごちそうさまを忘れるなと厳しく躾けられた意味がわかった。家がレストランをしているので、子供のころはクリスマスや誕生日も家族揃って祝うことができず、「お父さんやお母さんは俺がかわいくないんだ」と拗ねて兄になだめられたこともあった。けれどあれ以降、両親の仕事に対する姿勢に一目置《いちもくお》くようになった。

「まあ解体現場見たからって食生活は特に変わらなかったんだけど、自分がなにを食べて生きてるか、ちゃんと知ってるのと知らないのじゃ、なんかちがうと思うんだよ。今ってそういうのなるべくかくす方向にいくけど、それってどうなのかなとも思うし」

顔を上げると、真顔の阿久津と目が合った。

「あ、悪い。ひとりで語ってた」

急に恥ずかしくなった。しかし阿久津は首を横に振る。

「さっきのおまえ、本当に恰好よかったよ。俺の中では料理ってあったかいとか優しいとか母親のイメージが強かった。けどさっきのおまえは、そういうのとはちがった」

そんなことないよと謙遜《けんそん》しかけたけれど、やめた。

「ありがとう、嬉しい」

笑顔で礼を言った。

「慧一、帰りの時間いいのか?」

「出張のあとは直帰だから。おまえは?」

「あとワンシーンで終わり。細かい撮影があるけど、そこは久地くんにまかせて俺は明日都内で仕事あるから夕方の飛行機で東京に戻る」

「俺もそれに合わせて帰ろうかな」

「じゃあNGが出ないように祈っててくれ」

撮影は順調に進み、六時の飛行機に阿久津と乗った。東京に着くのは八時過ぎ。帰ったらとりあえず事務所に顔をだして留守中の雑務をやっつけよう。正月料理のレシピ〆切《しめきり》も近い。週明け更新のサイトレシピも仕上げなくては。メニューはなににしよう。先週は確か――。

「――どうする?」

ふと我に返った。

「ごめん、ぼうっとしてた。なに?」

「夕飯どうするって聞いたんだよ。久しぶりに才いくか?」

「あ、悪い。今夜は仕事残ってるから」

「沖縄出張のあとでまだ働くのか?」

阿久津は心配そうに眉をひそめた。

「やっぱり映画の仕事が相当負担になってるんじゃないか?」

「ちがうよ。俺がやりたいからやってるだけ」

しかし阿久津は表情をほどかない。

「おまえはほんとにがんばるよな。そういうそぶりは絶対に見せないけど」

「だからちがうって。仕事のことは俺が――」

「喧嘩した誕生日のときも、おまえはプロのアシスタントになったばかりで、すごくがんばってたんだよな。それでも俺の誕生日だから早く帰って料理を作ってくれるって言ったんだ」

「なんだよ、いきなりそんな昔のこと」

隣を見ると、阿久津はひどく真剣な顔をしていた。

「自分がなにを食べて生きてるのかっていうさっきの話、本当すごいと思ったよ。俺とつきあってるときから、おまえはああいうこと考えながら料理をしてたんだなあって」

「もういいって。自分語りしたの恥ずかしくなるだろう」

照れ隠しに茶化してみたが、阿久津は話し続ける。

「なんでそういうこと、俺は気づいてやれなかったんだろうな。おまえは真剣に仕事してんだってちゃんと理解してたら、あの夜、あんな態度は取れなかったと思う。そんなのいいから仕事がんばれって言ってやれたのに。本当に『支える』ってそういうことだよな」

生活費とか、大黒柱とか、そんなんじゃないんだと阿久津は淡々とつぶやく。

「昔からよく亭主関白って言われたけど、それって身勝手の別の言い方だよな。相手を守ってるつもりで、実は自分の価値観を押しつけてるだけ。これじゃあ誰とも縁なんて結べない」

「そんなことない」

反射的に強く否定してしまった。

「俺がフードスタイリストになれたのは慧一のおかげだ。アシスタントの面接全落ちして、夢を追うのもいいけど、こんな時代だから手堅く生きろって周り中から言われた。でも慧一だけががんばれって言ってくれたんだ。本当、慧一だけだったんだ」

——俺は光流の飯はめちゃくちゃうまいと思ってる。

――おまえは絶対に才能ある。

――だから今あきらめてほしくない。

――いざってときは俺がいるから頼れよ。

弱気になっていた自分を、阿久津が励ましてくれたのだ。アルバイトをしながら二年もアシスタントの空きが出るのを待てたのは、阿久津がしっかりと生活を支えてくれたおかげだ。

「慧一は俺のことがんばってる、すごいって言ってくれたけど……」

話しているうちに、どんどん思い出す。ああ、そうだ。阿久津は本当に自分を大事にしてくれていた。なのに相手を理解していなかったのは自分も同じで、阿久津にあんな言葉を投げつけた。

――おまえは、家事だけしてくれる嫁がほしいの？

久々に思い出した瞬間、ふさがったと思っていた傷が開いたような鋭い痛みを感じた。まるで阿久津に別れを切り出された二十五歳の夜に引き戻されたような、唐突な痛みに戸惑った。

「光流？」

急に黙ってしまったせいか、阿久津がこちらを見た。

「なんでもない、ちょっと……」

答える声が震えた。鼻の奥がつんと痛む。やばい。なんだこれ。

ひどく驚いていた。どうしてこんなことになっているんだろう。さっきまで笑って話していたのに、唐突に、なんでもない会話に九年も前の言い争いを思い出して、あっという間に昔に引きずり戻されてしまった。白から黒へ。オセロみたいに簡単に気持ちを裏返される。

「なあ、光流」

「……ん？」

「ずっと考えてたんだけど」

混乱したまま、うん、と上の空で返事だけを繰り返す。

「俺たち、やり直さないか」

ほどよくざわついた機内で、阿久津の声は密やかに、けれどはっきりと聞こえた。

——なんで今だよ。

ゆっくりと阿久津を見た。

「いまさらだけど、おまえと別れたことをずっと後悔してた」

自分の手に阿久津の大きな手が重なった。

「おまえといると、理屈じゃなくここだって感じる」

昔と変わらない大きな手が自分の手を包む。九年間、どれだけ近く過ごしていても、肌にふれ合ったことはなかった。阿久津の体温がじわじわと沁み込んでくる。停滞していたものがゆっくりと動き出すのを感じる。手首から肘《ひじ》、腕、肩、あと少しで心臓に届く。あと少し。あと少し。

なのに寸前で怖くなって手を払った。

「光流？」

呼ぶ声を無視し、機外の風景に意識を逃がした。網膜を焼かれそうなほどすごい夕陽《ゆうひ》だ。上空は埃《ほこり》や塵《ちり》が少ないので、地上から見るよりも色が鮮やかなのだと聞いたことがある。

年齢を重ねて、自分の視界もクリアになった。

昔は見えなかったものが見えるようになった。

その分、先を予想して怖がりになった気がする。

「……正月に友達と飯食ったときの話だけど」

ぽつりとつぶやいた。

「お互いの彼氏がくっついて、俺と慧一がまとめてふられたって話をしたら大笑いされた。もういいかげんあきらめて慧一とやり直せって言われた。すでにネタの域になってるんだけど」

「あきらめてってひどい言い草だな。なんて答えたんだ?」

阿久津はおかしそうに笑い、なのに声には不安と期待が透けていた。

「そのときは返事ができなかったけど、今ならできる」

「教えてほしい」

期待が勝った声音に、静かに息を吸い込んだ。

「やり直すことは、できない」

阿久津の気配がこわばった。

「……理由を聞いてもいいか?」

「自分で思うほど、俺は大人じゃないってわかった」

たった今気づいた事実を、慎重に、考えながら言葉にしていく。

「別れたあと慧一とまた会うようになって、仕事がらみだからってのもあったけど、ずっと平気な顔で笑ってるうちに、自然とそれが板についちゃったんだよ。でもやっぱり自然じゃなかったんだと思う。自然だって必死に思い込もうとしてただけで」

ずっと目を背けてきたものが、言葉を通してはっきりとした輪郭を持っていく。それは自分にはかなり痛い形をしていて、けれど、もう見ないふりはできなかった。

「いつまでもふられた男ってシールつけてるのが居たたまれなくて、昔の男と友情をはぐくめる大人な俺っていう風にイメージをすり替えて、自分に対して恰好つけてたんだろうな。それで百戦錬磨な気分になってたけど、単に自分を騙《だま》すことがうまくなっただけだ」

みっともない自分がどんどんあらわになっていく。恥ずかしさや情けなさが限界を突破して、逆に開き直りの域に達していく。もうこの際だ。すべて言ってしまえばいい。

「慧一にふられたとき、俺はすごくつらかった」

きちんと阿久津の目を見て言った。

「慧一と暮らしていた部屋にひとりで帰るのが耐えられなくて、毎晩吐くまで飲み歩いて友達に迷惑かけたし、ショックすぎて味覚が壊れて味がわかんなくなったし、このまま味がわからなかったら、もうフードスタイリストって夢もないなって絶望したし」

阿久津の顔が、驚きから苦しそうなものに変わっていく。自分は阿久津を責めている。馬鹿みたいだ。九年も前のことをいまさら。そうだ。もう九年も前のことになってしまった。それを平気な顔をして、今までずっと引きずっていたのだ。なんてみっともない。

「あのときのこと思い出すと、今でもぞっとする」

「光流、俺は」

「だから、もうあんな思いをしたくない」

仕事も順調で、経済的にも不足はない。たいがいのアクシデントにも対応できるスキルやキャリアも培った。なのに、ふいに思い出した九年も前の阿久津との別れに傷ついている自分がいることに驚いた。驚いて、そんな脆《もろ》さがまだ自分の中にあることが怖くなった。

「もう、あんな思いはさせない」

声からも、表情からも、阿久津の本気が伝わってくる。

それでもうんとは言えなくて、首を横に振った。

「……俺のことを、本当はずっと許せなかった？」

その問いには少し考えた。許せない？　阿久津を？

「……いいや。逆。多分、ずっと好きだった」

「だったら」

乞《こ》うような目に心をつかまれそうになるけれど——。

「だからこそ、嫌なんだ」

荷物をまとめて出ていく阿久津の背中を見送ったとき死にたいと思った。女と結婚したと知ったときは、あんなやつ死んじまえと思った。そのあとも途切れることなく続いてきた阿久津とのあらゆるシーンを思い出すと胸が切り裂かれそうに痛む。なのに、多分、死んじまえと思っていたときですら許していたし、好きだった。本当に許せなかったのはそんな自分だ。

それをずっと認めることができなかった。

痛い。この事実は痛すぎる。

「俺、もう三十四だぞ」

そう言うと、「それが?」と問い返された。

「たとえばここでやり直して、前と一緒のコースを辿ったとすると、五年つきあって別れたら四十前だ。そんな年でまたあんな思いをするなんて想像するだけで無理だ」

「前と同じにはならない。絶対にさせない」

「信じられない」

はっきり言うと、阿久津はひどく傷ついた顔をした。

「慧一を信じられないって言ってるんじゃなくて、人生に絶対ってことはないって意味でさ、俺はもう好きだ嫌いだで取り返しのつかない失敗はしたくないんだよ」

その瞬間まで信じていた相手に突然別れを告げられる。いきなり出口のないトンネルに放り込まれたような、あの絶望的な気持ちは言葉にできない。苦しくて、もう死にそうで、とりあえずのかさぶたで急いでふさいで、そのまま、まさか九年も引きずるとは笑い話にもならない。

「二十代の元気も回復力もあるときでもダメージでかかったのに、あんな死にそうな思いをもう一度、それも四十前に喰《く》らったら今度こそ耐えきれない」

自分で自分の言葉が重くなって、小さく笑って払い落とした。

「こんなに時間が経つ前に、早くぶちまければよかったんだよな。そしたらもっと素直になれたんだ。けどそのときそのときで、そうできない理由が俺たちにはあっただろう。なんだろうな。俺と慧一は相性はいいのに、最後の最後でタイミングが合わない感じだ」

「……タイミング」

阿久津がかみしめるように繰り返した。言いたいことはすべて言った。気がすんだ。ふうと小さく息を吐いてシートにもたれると、少し遅れて阿久津も同じようにした。

「もう、友人でもいられないか？」

問われた瞬間、最大級の痛みに耐えなくてはいけなかった。

「……うん」

静かな覚悟でうなずいた。

「わかった」

――標識ってあるだろう。

以前、阿久津の実家で聞いたことをふいに思い出した。

――右折とか、左折とか、直進とか。

――本当にこっちでいいのかって、俺はずっと考えてるみたいだ。

あのときの阿久津の言葉が頭の中でくるくる踊る。

右折しますか？

左折しますか？

こちらでいいですか？

今日、自分が選んだ標識はどこに向かっているだろう。


【阿久津慧一】

「どうしました。今夜は溜息ばっかりですね」

カウンターの向こうで大将が言った。心配そうでなく、楽しそうに言うところが大将のいいところだ。元気ぶろうと思うことなく、そうなんだと素直にうなずいた。

「相当弱ってますね。水野さんにふられでもしましたか」

「そうなんだ」

大将がえっと首をかしげる。

「本当ですか？」

「本当」

「どうしてまた」

「やり直そうと告白したら無理と言われた。友人でもなくなった」

簡潔な説明に、あらら一と大将が笑った。

「ずっとうだうだやっていたのに、ずいぶん思い切ったことをしましたね」

「ああ、石橋を叩いて叩いてこれでもかっていうくらい様子を見たあとで、多分、大丈夫だろうと思って渡ったつもりが、とんでもない勘違いだった」

カウンターに頬杖をつき、溜息まじりに冷酒の瓶をかたむけた。

――あんな死にそうな思いをもう一度、それも四十前に喰らったら今度こそ耐えきれない。

拒絶の言葉であると同時に、あれは強烈な告白でもあった。

それだけおまえが好きだった。今でも好きだ。だからこそやり直すのが怖い――という。

水野の言葉は、嫌いだからという単純な拒絶よりも深刻だった。関係としては完全な行き止まりで、恋愛をする相手として、とことん愛想尽かしをされているのだ。

自分はそれほど水野を傷つけた。

今さらどの面下げてやり直そうなんて言ったのか。

恥ずかしすぎて、自分で掘った穴深くもぐりこんで、一生引きこもっていたい。

「まあまあ、そんな落ち込まないで。二十歳のころからの腐れ縁でしょう。自分も長年見てきましたけど、阿久津さんと水野さんの縁はそう簡単には切れませんって」

「もう友人でもいられないって言われたんだけど」

「本人たちの意思にかかわらず引き合うのが腐れ縁ってやつです」

もう一度水野と縁を結べるなら、腐っていようがなんだろうが構わないけれど――。

「大将はいいよな。今の奥さんとも前の奥さんとも円満で」

しょぼくれながら蟹味噌《かにみそ》をあてにちびちび飲んでいると、

「『今の奥さん』とは別れましたよ」

と返ってきて驚いた。

「え、いつ？」

「一昨年《おととし》かな。阿久津さんが台湾にいってたころですね。ひとまわりも下のカミさんでしてね、俺も仕事で毎晩家にいないもんだから、見事に若い男にかっさらわれちゃったんですよ」

「全然知らなかった」

「わざわざ言うことでもないですし」

「まあねえ。いや、そうか、うん、けどやっぱり悪いことはできないね」

「なんですか、悪いことって」

「だって大将、結婚してたときも前の奥さんと、あ、もう前の前の奥さんになるのか、とたまに飯食うって言ってたでしょう。それもやぶさかではない感じで」

「そうでしたねえ」

「そういうことの天罰がくだったんだよ。そうか、離婚か、大将も大変だったね」

そうかそうかとうなずき、阿久津は冷酒を追加した。

「阿久津さん、急に元気になりましたね」

「同じような失敗したシングルマンがいると知って安心した」

しかし大将は、残念ですけどと涼しく笑った。

「自分はもう再々婚してるんで」

ええっと今度こそ声が出た。

「ちょっと早すぎない。どうしてそんな次々相手が見つかるんだ」

「見つけたというか、最初のカミさんと復縁したんですよ」

「え？　ええー……？」

大将はさすがに照れくさそうな顔をした。

「俺は昔からひとりでいるってのができないタチなんですよ。誰かがそばにいてくれないと駄目なんです。若いカミさんに逃げられたその夜に前のカミさんに泣きつきました」

「なんだそれ。もちろん怒られたんですよね？」

「はい。あたしに言われたって知らないわよって叱《しか》られて、それでもまあなんだかんだやけ酒につきあってくれて、酔った勢いで頼むからそばにいてくれって土下座しました」

「それでOKしてもらえたの？」

「まあなんとか」

「なんて優しい奥さんなんだ。ボランティアの域だ」

「一生のお願いって鼻水たらして手をつきましたからね」

「うわ、かっこわる」

「もう恥も外聞もありませんでしたよ」

と言いながら、大将はすらりすらりとなめらかに刺身《さしみ》を切っていく。

なんてうらやましい話だと思うけれど、きっと省略されたいろいろなことが大将と最初の奥さんの間にはあったのだろう。それこそ腐っても切れない縁のようななにかが——。

少し前まで、自分と水野もそういうものでつながれていると思っていた。読みの甘い自分は、このままなんとなく自然に復縁できるんじゃないかと思っていたけれど、きっちりと過去の自分にしっぺ返しを食らった。ざまあない。

自分たちは相性はいいのに、最後の最後でタイミングが合わないと水野は言う。多分、そうなんだろう。その大部分は、若くて馬鹿だった自分の判断ミスから起きたことで、そんな自分が『絶対』なんて口にしても、『信じられない』と返ってくるのは当然だった。

「それより、阿久津さんたちのほうはどうなってるんですか？」

「どうって、ふられてから十日経過したところ」

「連絡は取ってるんですか？」

「取れるわけない」

「あきらめるんですか？」

「そうできたら楽だろうけど無理だ」

「ぐずぐずしてると、どんどん溝が深くなって連絡しづらくなりますよ」

「けど、今しつこくすると余計引かれそうで」

「もうふられてるんだからいいじゃないですか」

大将は男前に言い切った。

「ぐずぐずしているうちに、トンビに油揚げってこともありますよ」

「え？」

「そうなる前に、自分なら土下座してでもやり直してくれって頼みますね」

なるほど。そういう理屈になるわけか。

「……土下座か」

「やってみる気になりました？」

「悩んでる」

苦虫をかみつぶしたような顔でビールを飲んだ。

告白は断られ、あきらめることもできない。しばらく様子を見ようと思っていたが、今までまちがえ続けた自分には、この判断が正しいのかすら自信がない。またまちがえているんじゃないだろうか。かといって一気に土下座まで持っていくのもためらう。それでだめだったら本当に水野とは駄目になる。想像すると、冷たいものが背筋を走った。

――二十代の元気も回復力もあるときでもダメージでかかったのに、あんな死にそうな思いをもう一度、それも四十前に喰らったら今度こそ耐えきれない。

ああ、本当だ。確かにその通りだ。こいつしかいないと思った相手を四十前にして失うのは痛すぎる。今はまだ三十半ばだが、それでも二十代のころよりずっとつらい。

そのとき、スーツの内ポケットで携帯が震えた。知らない番号だ。

『はい、もしもし』

『もしもし、阿久津さんでしょうか。「海辺の家」の助監の角田《かくた》と申しますが』

阿久津の会社がスポンサーをしている映画の関係者だった。

『はい。いつもお世話になっております』

なぜ映画スタッフが自分の携帯にといぶかしく思った。

『突然すみません。水野さんの事務所に電話を入れたんですが、もうみなさん帰られてしまったようで連絡がつかなくて……。阿久津さんとは親しくされていたので、ご迷惑かと思ったんですが東西フードさんに電話して阿久津さんの携帯番号をお聞きしました』

『なにかあったんですか？』

『水野さんが現場で倒れたんです』

胸が大きく波打った。都内での打ち合わせ中に急に倒れたのだという。眩暈と吐き気がひどく、立ち上がれない状態だったので病院に担ぎ込んだと言われた。

『すぐにいきます。どこの病院ですか』

電話を切ると、どうしたのと大将に問われた。

「光流が倒れたらしいんです」

「え、大丈夫なの？」

「わからないんで病院いってきます」

会計を頼むと、次回でいいから早くいってきてと言われ、頭を下げて店を出た。タクシーで病院に向かう途中、母親が倒れたときのことを思い出してひどく落ち着かなかった。

夜間の救急出入り口から病院に入ると、廊下のソファから男が立ち上がった。角田だ。差し入れがてら何度かロケを見学していたので、顔に見覚えがあった。

「阿久津さん、突然ですみません」

「いいえ、俺のことは。それより水野は？」

「処置室で点滴中です。あ、ついさっき水野さんとこのスタッフがきてくれました。事務所に残した留守電を聞いてくれたみたいで。阿久津さんには無駄足を運ばせてしまってすみません」

「いえ、知らせてもらえてよかったです」

「あと十分くらいで点滴が終わると思います」

腕時計を見る角田の表情に、わずかに焦りの色が浮かんでいた。

「角田さん、ここからは俺もいるのでもう仕事に戻ってください」

「大丈夫ですか？」

「はい。マンションも知ってるんで様子次第で送っていきます」

角田は安堵の表情を浮かべた。

「じゃあお任せします。実は明日早朝ロケが入ってて、その準備が終わってなかったんです。水野さんにお大事にとお伝えください」

頭を下げ合って別れたあと、阿久津は処置室へと向かった。

「――もうすぐ阿久津さんもくるそうですよ」

ドアの手前で若い男の声が聞こえ、思わず足を止めた。半開きのドアからのぞくと、ベッド脇の丸椅子に腰かけている男の背中が見えた。水野のアシスタントの久地だ。何度か顔を合わせたが、料理業界には珍しく愛想のないタイプという印象がある。

「慧一まで呼ばなくてよかったのに」

水野の声がした。頼りなげだけれど、意識があることにほっとした。しかし迷惑そうな言葉に入るのをためらった。久地の背中にかくれて水野の顔は見えない。

「すみません。俺がもう少し早く事務所に帰ってればよかったんですけど」

「あ、悪い、そういう意味じゃない。角田さんにも久地くんにも迷惑かけた」

「俺のことはいいですよ。アシスタントなんですから」

「プライベートは別だろう」

「プライベートでも頼ってもらえたら俺は嬉しいです」

するっとした告白にぎょっとしたが、水野の受け流すような苦笑いが聞こえた。慣れた空気に、こういう会話をふたりが頻繁に交わしていることが伝わってきた。

「先生、阿久津さんとつきあってるんですか？」

ストレートな質問にどきりとした。

「そう見えるのか？」

「いいえ」

「当たり。つきあってないよ」

「じゃあ、俺とつきあいませんか？」

なにが『じゃあ』だと口端が引きつったが、

「遠慮しとく。職場にそういうのは持ち込みたくない」

水野があっさり断ったのでほっとしつつ、怖いもの知らずの二十代の猛攻に焦りが込み上げてくる。こつんとドアをノックし、処置室内に顔を出した。

「……あ、慧一」

「角田さんから電話もらった。具合どうだ」

「たいしたことないんだ。悪い。おまえにまで迷惑かけて」

「ああ、いいから寝てろ」

起き上がろうとする水野を手で制した。

「もうすぐ点滴終わるんだろう。医者がいいって言ったら家まで送るから」

「いや、でも――」

ふいに久地が丸椅子から立ち上がった。

「先生、喉渇いてませんか。なにか買ってきます。なにがいいですか」

「……あ、じゃあ、ポカリ」

「わかりました。阿久津さん、そこまで一緒にいきましょう」

なぜ自分が――と思ったが、にこりとほほえまれ、しかたなく処置室を出た。非常灯だけがついている廊下を進み、自動販売機の前までいくと、久地は阿久津に向かい合った。

「阿久津さん、先生の元彼なんでしょう？」

「は？」

「そういうの、かくしてもなんとなくわかりますよ」

「だから？　要点を絞ってくれると助かるんだが」

苦笑いを浮かべた。こんなガキ相手に本気でやり合ってたまるか。

「じゃあ……。先生が倒れたのは阿久津さんのせいです」

わずかに目を見開いた。

「先生がどれだけ忙しいか、阿久津さん、全然わかってないでしょう」

いきなり崖っぷちに立たされた。辛辣な言葉とは裏腹に久地の表情は涼しい。

「わかってたら、映画の仕事なんて持ってこられないと思います。ただでさえぎちぎちのスケジュールだったのに、先生は睡眠時間を削ってこなしてるんですよ。今週もずっと徹夜続きで、でもそういうの、先生はあなたにだけは言わないんですよね」

久地がいらだちをあらわにしはじめる。

「あなたと先生見てると、どん詰まりって感じします。進めないし引けないんでしょう。一番しんどいところで立ち止まってて、見てて先生がかわいそうになります」

人と人の関係や立ち位置なんて、他人に簡単にわかってたまるか。けれど水野が倒れたことは事実で、それについては一言の弁解もできなかった。

「阿久津さん、バツイチなんですってね」

「それが?」

「先生ともつきあって、女の人ともですか」

久地はポケットから財布を出し、自動販売機に小銭を入れていく。

「自由に生きてる感じでいいですね」

しゃらっと言い、久地はポカリを買った。

「先生には俺がつきそうので阿久津さんは帰ってください」

「きみにそんなことを言われる筋合いはない」

「阿久津さんがいると、先生は元気なふりをしますから」

今度こそ絶句した。処置室に戻る久地を見送り、阿久津は負け犬の気分で病院を出た。

通りを歩いていきながら、心の中でひたすらぼやき続けた。

自由でいいですね、か。そっちこそ自由でうらやましい。人にはそれぞれ事情というものがあるのだ。それを一切考慮せず、自分の言いたいことだけを、この世でたったひとつの正義みたいに振りかざせる自由さ。病院のベッドに横たわっている母親から「もういいから好きに生きなさい」と言われて、わかった、そうするよとあいつなら素直にうなずけるんだろうか。

とはいえ、昔は自分もあんな感じだったのだろう。人生にはあちこち落とし穴があることをまだ知らず、自分はうまくやれると、こっちが正しいのだと言い聞かせて歩いてきた。

曲がり角にさしかかるたび、頭の中に標識が浮かんだ。

右折しますか？

左折しますか？

こちらでいいですか？

ひとつひとつ慎重に選択してきたつもりだ。けれど肝心なところでは失敗続きだった。後悔しているし、戻りたいと願っている。できるなら、ちょうど久地くらいの年齢まで。

そこまで考えて、立ち止まった。ああ、そうか。ぶつぶつと文句を言いながら、自分は、本音ではあの男がうらやましいのだ。冷めた顔で言うことは言うあの男は、自分が引くことも進むこともできずにいる間に、ひょいと水野をさらっていくかもしれない。

トンビに油揚げという言葉が頭をかすめ、なんとなく額に手を当てた。早坂が現れたときもこんな感じだった。ぐだぐだと悩んだ挙句、なにもせず、告げず、尻尾《しっぽ》を巻いたのだっけ。

馬鹿か。何度同じことを繰り返せば気がすむのだ。

どうにかしなくては。でもどうやって。すぐ横にコンビニエンスストアがあり、用もないのに中に入ってうろうろした。雑誌コーナーの前を通りすぎ、つきあたりの冷凍ケースの中に並ぶアイスクリームを見つめた。出入り口付近の冷凍ケースよりも少し値の張るそれら。

二十五歳の誕生日の夜、なにごともなければ、これを買って帰ったはずだ。

水野と喧嘩をするたび、それが仲直りのルールのようになっていた。

ぼんやり記憶を巻き戻しながら、扉を開けてマカダミアンナッツのアイスクリームをひとつ取り出した。レジにいきかけて、思い直してかごを取りにいき、冷凍ケースからあるだけのアイスクリームを放り込んだ。マカダミアンナッツ、バニラ、チョコ、ストロベリー。会計をすませて、ビニール袋いっぱいのアイスを手に店を出て、きた道を戻った。

ふたたび、頭の中に標識が浮かぶ。

右折しますか？

左折しますか？

二十五歳の誕生日の夜、なにごともなかったら――というコースをやり直してみたかった。母親は倒れたりせず、自分はアイスクリームを手に水野の元へ戻る。左折はせず右折へ。

こんなことをしてももう遅い。今さらなにを言うつもりだ。わからない。それでもそうせずにはいられない。病院へ戻り、しかし処置室に水野の姿はなかった。廊下をいく看護師に問うと、点滴が終わったので帰られましたと言われて脱力した。

「ついさっきだから、まだ北口のタクシー乗り場にいるかもしれませんよ。うちにくるタクシーは全部あそこにつけるから。外に出て左に少しいったところです」

ありがとうございますと頭を下げ、急いで追いかけた。教えられたとおりの場所にタクシーが停まっている。ちょうど水野と久地が乗り込むところだった。

「待……っ」

しかしドアが閉まり、タクシーはすぐに発進した。思わず舌打ちしたが、すぐに通りへ出て流しのタクシーをつかまえる。水野のマンションの住所を告げ、しばらく走ると信号に引っかかっている水野たちのタクシーを見つけた。前のタクシーを追ってくれと言うと、運転手からおかしな目で見られ、我に返って恥ずかしくなった。

思わず焦ってしまったが、水野と久地が今すぐどうにかなるとも思えない。それをドラマのクライマックスみたいに血相変えて追いかけている自分が滑稽に思えた。

――三十四にもなって……。

よっぽど行き先を自分のマンションに変更しようかと思ったが、それはしなかった。シートに置かれている大量のアイスクリームが戻ることを許してくれない。たった五分前、なにかを変えようとした二十五歳の自分が、今の自分を引き止めている。

しばらく走ると、見慣れた水野のマンションに着いた。前を走るタクシーから久地と水野が降りてくる。ふたりはこちらを見たまま、マンションに入ろうとしない。あきらかに尾行に気づかれている。ひどくバツの悪い思いでタクシーを降りた。

「帰ったんじゃなかったのか」

問いかけてくる水野は、なんともいえない顔をしている。

「あ……、いや、まあ、ちょっと」

二十五歳の誕生日の夜のやり直しを――とは言えない。

「用なら早く言ってくれませんか。先生を休ませてあげたいんで」

久地の冷たい声音に、おまえが仕切るなと怒りが湧いたがこらえた。これをとコンビニの袋を差し出すと、水野が首をかしげながら受け取り、ぎっしりと詰まったアイスクリームにまばたきをした。隣から久地ものぞき込んで眉をひそめる。

「見舞いにしては多すぎませんか？」

「見舞いじゃない」

「じゃあ、なんです？」

ルールだと言っても、久地にはなんのことかわからないだろう。

水野はじっと袋の中を見つめている。

いまさら九年前の夜のやり直しなんて、どう説明すればいいんだろう。この行動に至った経緯を説明できない。自分でも意味がわからない。頭の中が真っ白になっていく。

「阿久津さん、とりあえず今夜は帰ってください。先生、もう中に入りましょう」

持ちますと久地がアイスクリームの袋を取ろうとしたのと、自分の膝《ひざ》が崩れてしゃがみ込んだのは同時だった。なにかを考えるよりも先に身体が動き、額を地面につけていた。

「光流、悪かった！　俺とやり直してくれ！」

「……は？」

頭上から、思い切り戸惑いの気配が降ってきた。けれどもう知るか。ここが崖っぷちだ。

「俺にはおまえが必要だ、おまえがいないと生きていけない！」

「……ちょ」

「頼む、この通りだ、頼む！」

頭の中で矢印マークの標識がぐるぐる回転している。左折も右折もない。プライドも恥ももう吹っ飛んで粉々だ。通りに面したマンション前での土下座劇に、通行人のひそめた声が聞こえる。

「なに？」「うわぁ、土下座」と同情めいたささやきが耳を通過していく。

「ちょ、やめろ。慧一、とにかく立って」

腕をつかまれ、強引に立ち上がらされた。

「とりあえず部屋いこう」

水野に引っ張られる形でエントランスに歩き出したが、久地から待ったが入った。

「ちょっと待ってくださいよ。先生、今夜はゆっくり休んでください」

その通りだ。しかし水野は振り返り、あっさりと言った。

「久地くん、迷惑かけて悪い。また今度ちゃんと礼するから」

「俺はそんなこと言ってるんじゃありません」

「わかってる。でも、ごめん」

それはこの状況に対する謝罪ではなく、もっと個人的なものだった。

久地もそれを理解し、ぐっと眉根を寄せた。

「ひとつ、聞いてもいいですか」

なにと水野が首をかしげる。

「そのアイスクリームの意味、先生、わかるんですか？」

「わかるよ」

「なんなんですか、それ？」

「……それは」

水野がこちらを見る。顔を見合わせ、阿久津と同じタイミングでつぶやいた。

「ルール？」

互いに問いかけ合うよう重なった言葉に、久地は一瞬ぽかんとした。それからひどいしかめっ面になり、両手を胸の高さにまで上げた。降参とでも言うように。

「よくわかりました。もういいです。おやすみなさい」

久地は傷ついた様子で帰っていった。

「……とりあえず部屋入るか」

久地の姿が見えなくなってから、ぽつりと声をかけられた。

「あ、いや、病院から帰ってきたばかりなのに悪かった。俺もまた出直す」

ようやく冷静さが戻ってきた。けれどいまさら取り繕っても遅い。年下の恋敵の前で土下座をした自分。客観視できるようになった途端、猛烈な恥ずかしさに襲われた。

「こんなまま帰られたら、そのほうがゆっくり休めないんだけど」

水野はぶすっと言う。確かに。自分の言いたいことだけを言って帰るのは大人ではない。マンションに入っていく水野のあとを、判決待ちの罪人の気分でついていく。

「悪かった」

リビングのソファに水野が腰を下ろすのを待って謝った。

「立ってないで座ったら？」

「ここでいい」

水野は困った顔で、壁にかけられた北欧柄のファブリックパネルに目をやった。

「さっきの話の続きだけど」

水野が言う。

「俺の答えはこないだ言ったよな」

「ああ、聞いた」

「俺はもう『ああいう思い』をするのは嫌だって」

「ああ、覚えてる」

「なのにいきなり土下座ってびっくりした」

「俺も自分でびっくりした」

「しかも久地くんの前で」

「死ぬほどみっともないな」

「……そうでもなかったけど」

「え？」

「でも最初、慧一は俺のこと久地くんにまかせて帰ったよな」

にらまれ、じりっと皮膚《ひふ》が焦げたように感じた。

「悪かった。水野先生を大好きな若い男にいじめられたんだ」

「なんて？」

「先生が倒れたのは、余計な仕事を持ってきたおまえのせいだって」

水野は珍しく不快感もあらわに眉をひそめた。

「ふざけんなよ。俺は自分の責任で仕事してるんだ。最終的に判断したのは俺だし、フリーで仕事してんだから体調管理も仕事のうち。全部俺のミス。誰のせいでもない」

潔い態度は恰好よすぎた。

「わかってる。でも、それでも、悪いと思っちまうもんなんだ」

「……それもそれでわかるけど」

「無理させて悪かった」

改めて謝ると、水野は首を横に振った。

「言われたのはそれだけ？」

「俺とおまえは一番しんどいところで立ち止まってる。先生がかわいそうだって」

水野はさっきよりも盛大に顔をしかめた。

「それで尻尾丸めて逃げたわけか」

容赦のない、的確すぎる表現に居たたまれなくなった。

「なのになんで戻ってきたんだよ。しかもいきなり土下座ってわけがわからない」

「俺にもわからない」

「亭主関白な慧一には、一生思い出したくない出来事になった気がする」

「ああ、死にそうに恥ずかしい」

けど、と続けた。

「どんな恥をさらしても、俺には光流が必要なんだ」

水野が唇をかみ、ゆっくりと表情を変えていく。怒っているような、困っているような、泣きだしてしまいそうな、笑いだしそうな、どの方向にも転べる曖昧な表情。

「無理だって言ったろう」

「じゃあ、今までどおり友達なら？」

「それは慧一がつらいだろう」

「おまえのそばにいられるなら友人でいい。無理じいはしな……いと言い切りたいけど、俺はまたいつか土下座をするかもしれない。三年に一回、いや、二年に一回くらい」

「そんなに？」

「しないでおこうと自制はするけど、そうせずにはいられない気がする。それはしかたないことだから、そこだけはおまえも我慢してほしい」

「開き直るなよ」

「俺は土下座をするが、おまえはきっぱり断ってくれればいい。それにおまえは好きに恋人を作ればいい。俺は悔しい思いをするけど、それは……しかたないことだ、笑っておめでとうと言う。おまえを失うくらいなら、馬鹿面下げた友人役をするほうが千倍マシだ」

「そんな関係おかしい。続くと思えない」

「続ける。今度光流を失ったら生きていけない」

「平気だよ。人間はそんな簡単に死なない。俺だって慧一にふられたとき……」

言葉を切り、水野はすいと顔を背けた。

「俺は死ぬほど光流に惚《ほ》れてる」

「…………」

「俺には光流しかいない」

「…………」

水野は唇をかんで、壁のファブリックパネルを見つめている。

かたくなに、なにも答えない。

けれど、だんだんと鼻の頭が赤くなっていく。

目尻までも赤くなってきて、ふいに水野は手で目元を覆ってしまった。

こんなとき、どうすればいいのか知っている。

それをする資格が自分にあるかどうかわからないけれど——。

水野の隣に腰を下ろし、顔を覆ったまま声も立てずに泣いている水野の肩を抱き寄せた。なんの抵抗もなくもたれかかってくる身体が愛《いと》しくてたまらなかった。

水野の顔からそっと手をはがした。

顔中真っ赤に染まり、頬や口元まで濡れている。

熱で腫《は》れぼったくふくらんだ唇にくちづけた。

「……友人でいるって、言ったばっかりだろう」

ごめんと身体を離し、テーブルに置かれっぱなしのコンビニ袋からマカダミアンナッツのアイスクリームを取りだした。とけかかっているそれを付属のスプーンですくい上げる。

「九年前、悪かった」

「……うん」

水野の口元にスプーンを近づける。水野が小さく口を開ける。

「ずっと謝りたかった」

「……うん」

とろりとしたクリームが水野の口の中に消えていく。

「俺も慧一に謝りたかった」

「光流がなにを？」

「九年前、俺もひどいことを言ったから」

水野はアイスクリームのカップとスプーンを阿久津から取り上げた。

「家事だけしてくれる嫁が……ってやつ？」

「覚えてるってことは、やっぱり慧一も怒ってたんだろう？」

「あのときはな。今は言われて当然だったと思ってる」

「そんなことない。俺も子供だったんだ」

今度は水野が阿久津の口元にアイスクリームを持ってきてくれる。舌に広がる冷たい甘み。長い間、凍って固まっていたものがじわじわととけだしていく。

「光流はなにも悪くない。光流は真剣に仕事をしてたんだ」

水野の手からアイスクリームのカップとスプーンを取り返した。

「でも、あの夜は慧一の誕生日だったのに」

お互い謝りながらアイスクリームを食べさせ合った。

あの夜するはずだった会話と仲直りを九年ぶりに再生させて、こわばっていたすべてがやわらかくとろけてしまったころには、口の中はすっかり甘ったるくなっていた。

「もう休まないとな。おまえ病院帰りなんだから」

空になったカップをテーブルに置いた。

「いいよ。疲れてない」

「無理するな。とりあえず寝室いこう」

「……じゃあ、連れてってくれ」

水野がくったりと肩口に顔を伏せてくる。

それだけのことに、とんでもない量の幸せが押し寄せてきた。

水野を抱き上げて寝室のドアを開ける。この部屋に出入りするようになっても、ここに足を踏み入れたことはない。セミダブルのベッドに水野を横たえて額にキスをした。

「おやすみ。明日電話する」

「帰るのか？」

子供みたいに頼りない問い方だった。

「ここにいたら、光流をもっと疲れさせることになる」

「いいよ」

「駄目だ」

「いいって言ってるだろう」

水野の腕が伸びてきて、首にからみついてくる。ゆっくり引き寄せられて唇が重なる。かすかに音が立つように吸われ、蜂蜜《はちみつ》が糸を引くような甘さに眩暈がした。ああ、そうだ。自分たちが恋人だったとき、いつも水野はこんな風に甘えたキスをしてきた。

思い出すたび胸が痛くて、厳重に箱の中に閉じ込めていた。耳奥で鍵の開く音がして、忘れたふりをしていたものがあふれ出てくる。キスをするとき、首や背中や腰にふれてくる手の動きだったり、舌の動きだったり、身のよじり方、呼吸の仕方まで。

「……どうしよう。やばい」

唇を合わせたまま水野がつぶやいた。朱色が差す目元には欲情が透けていて、とっくにやばくなっている阿久津の理性を、湯に落とされた角砂糖のように簡単に崩していく。

「光流、そんな目で見るな」

「なんで」

「駄目になりそうだ」

「たまには駄目になってもいいと思う」

唇を合わせながら、手は互いのシャツのボタンを忙しなく外しにかかっている。

「じゃあ、負担にならないようにする」

「うん」

「なるべくゆっくりする」

「うん」

「一回だけにしよう」

「うん」

すぐ反故《ほご》になりそうな約束とキスばかりを交わし合う。

慣れた手つきとは裏腹に、こらえ性のない十代みたいな自分たちがおかしかった。

耳にキスをしたとき水野の香りがした。首筋、鎖骨のくぼみ、たいらな胸、小さな臍《へそ》、さらに下降して辿りついた場所にもくちづけていく。早くつながりたい。けれど、こんな状態でつながったらすぐに終わってしまう。だから行為は嫌というほどゆっくりとしたものになった。

「……慧一」

じれったそうに何度も名前を呼ばれた。水野の声も、身体も、どんどん熱を上げていく。

「もう……無理」

今にも泣きだしそうな脆さが声に入り混じる。

「光流？」

のぞき込むと、水野は本当に涙ぐんでいた。快感にぐしゃぐしゃにされている様子に煽られ、こちらもこれ以上引き延ばせなくなった。目元や頬にキスをしながら、ゆっくりと水野の中に入っていく。短い声を上げ、水野がしがみついてくる。

長い愛撫《あいぶ》に綻《ほころ》んでいる場所が、待ちわびていたかのようにしめつけてくる。即死させられそうなほどの快楽に顔が歪《ゆが》む。セックスはこれほど気持ちいいものだったろうか。身体中の細胞が沸き立って、暴発しないための慎重な動きに終始してしまう。

「……慧一、もっと」

じれたように水野が足をからめてくる。

「もう、いきそうなんだ」

虚勢を張る余裕もなくて正直に打ち明けた。

「いい、俺もだ」

言葉と一緒に内側にぎゅっと圧力をかけられ、構える間もなくいかされた。

痛恨の快感にまみれている阿久津に合わせて、水野も達していた。

ひどく呼吸を乱しながら、抱き合ったまま身動きもできない。巨大な波にさらわれて飲み込まれるような快感が落ち着き、ゆっくりと水面に浮上していく。

「おまえ、なんてことするんだ」

恨めしい気持ちで水野を見下ろした。ようやく取り戻した水野をもっと味わいたかった。水野はとろけた表情で、だって……と阿久津の首に腕を巻きつけてくる。

「ずっと慧一としたかった」

息を吐くように耳元でささやかれ、つながったままの場所が反応した。

「俺がやり直してほしいって言ったら断ったのに？」

「ぼろぼろにされそうで怖かったんだ」

つながりをほどかないまま、キスをしながら言葉を交わす。

「今は？」

その問いには、少しだけ間が空いた。

「怖いよ。けど、もうしかたない」

迷いを振り切るように、水野のほうからキスをしてきた。そんな覚悟をさせてしまった自分への怒りや、水野への申し訳なさや、それでも自分を受け入れてくれたことの感謝や、いろいろな感情が同じ分量であふれて、それは愛しているという短い言葉に凝縮されていく。

口にするにはやや重い言葉の代わりに、何度も何度もキスを交わし、自然と二度目の行為になだれこんだ。途中、ひどく水野が乱れる場所があることに気づいた。

「……慧一」

ぐっと奥まで入り込むと、水野がしがみついてくる。密着したまま腰を回すと、たまらないように身をよじる。その反応が、自分の中の記憶とわずかな齟齬《そご》を生む。

——昔は、ここはそんなに感じなかったろう？

心の中で問いながら、ひどく腹を立てていた。自分が知らない間に、水野の身体を作り替えた男がいる。自分には覚えのない場所で感じる水野が腹立たしく、それ以上に愛しい気持ちで責め立てた。一体どんな反応をするのか、いちいち拾い上げて目に焼きつけた。

「……や、やだ、これ」

抗《あらが》う身体を抱きしめて、どんどん激しくなっていくのを止められない。

「慧一、やばい……、あれ、きそう」

溺《おぼ》れている人のような、途切れ途切れに引きつった訴え。

余裕のない水野に呼吸も動きも合わせながら、昔のことを思い出した。

行為の最中、水野はたまにこんなふうになった。気持ちか、身体か、動きのリズムか、なにかがぴたりと合ったときにだけ『これ』はやってくる。ひっきりなしにこぼれていた声が少しずつ間遠になって、そのうち瀕死《ひんし》な息遣いだけになる。

いいかと問うと、いいと返ってくる。

どれくらいいと問うと、死ぬほどと返ってくる。

死にそうなのに、ちゃんと返事をしようと努力するところが愛しい。

密着した身体の間で、水野の性器は絶え間なく蜜をこぼしている。たった数秒間の射精とはちがう、切れ目なく続く快感に沈められて抜け出せなくなっている。

自分もどんどん引きずり込まれていく。快感がある地点を突破すると、窒息しそうな多幸感に涙がにじんでくる。見下ろす水野の顔も涙でぐしゃぐしゃになっている。

身体だと思っていたことが、突き詰めていくと心だと思い知らされる。

こんなセックスは水野としかできない。

途中から時間の感覚がわからなくなって、行為が終わっても時計を見る気力もなかった。煮詰められた水飴みたいな、甘だるい空気の中で手足をからめながら聞いてみた。

「他の男とも、こういうふうになった？」

「ならなかった」

答えは簡潔で、そうかと子供みたいに安心した。

「じゃあ、もう寝よう」

「じゃあってなんだよ」

腕の中で水野が小さく笑う。

「じゃあ、もう一度するか？」

「だから、じゃあってなんだよ」

笑う水野を抱きしめた。

「もう一回する？」

「もう無理」

「じゃあ寝ようか？」

「うん」

おやすみと水野の髪にキスをした。

おやすみと水野が身体を寄せてくる。

手をつないで目を閉じたときの満ち足りた気持ちは言葉にならない。

とろりとした眠りに落ちていきながら、標識のイメージが浮かび上がってくる。

右折しますか？

左折しますか？

こちらでいいですか？

いつもどこか不安を残すその問いに、今夜ははっきりとうなずいた。

こちらでいいです。こちらにいきます。もう迷わない。


【水野光流】

阿久津の腕の中にいると、アイスクリームがとろけるように、これまでのいろいろなことがとろけていった。いきなり別れようと言われて、脱出不可能なトンネルにぶち込まれたように感じて死にたくなったことや、食べ物の味がわからなくなって絶望しかけたことや、ようやく立ち直っても、なかなか温度が上がらないオーブンみたいな恋愛しかできなくなったことや。


「そういうのがさ、雪みたいに、こう、すうーっと」

「雪みたいに、すうーっとですか」

「馬鹿みたいで恥ずかしいんだけど」

「ほんと馬鹿みたいですね」

えぇーと隣を見ると、嫌そうに顔をしかめている久地と目が合った。

先日世話になった礼と、これまでの経緯を考えて、久地とはちゃんと話をしなくてはいけないと思っていた。仕事が一段落した今夜、ちょっと飲もうかと才に誘ったのだが。

「まあ一番馬鹿なのは俺ですけどね。俺がおかしな発破《はっぱ》をかけなかったら、あの日も先生たちはだらだらいつもと変わらない感じで流れていったのに、まさか阿久津さんが土下座で勝負してくるとは予想もしませんでした。オウンゴール決めた気分でしたよ」

溜息をつく久地の横で、水野も苦笑いを浮かべた。

確かにあれは衝撃だった。家庭環境に根差した本人にもどうしようもない亭主関白タイプな阿久津がまさか土下座をするとは。不意を突かれて気持ちにひびを入れられた。

けれど、本当は待っていたのかもしれない。自分には阿久津しかいない。そのことに薄々気づいていたのに、あとわずかな決め手が足りずに動くことができないでいた。

「阿久津さん、土下座したんですか？」

カウンター越し、それまで黙っていた大将が聞いてくる。阿久津の名誉のために笑ってごまかそうとしたのに、久地がそうなんですとうなずいた。

「もう見事な土下座ぶりでしたよ。通行人もいる中で、俺が悪かった、やり直してくれ、おまえがいないと生きていけない〜って地面におでこくっつけてました」

大将が小さく吹き出した。

「大将、今の慧一には言わないでくださいよ」

思い出したくない黒歴史を酒の肴《さかな》にされるなんて、さすがにかわいそうだ。

大将はうなずいたあと、「ナイスアシストだったなあ」とつぶやいていた。意味がわからないでいると、大将は久地に元気を出してくださいと声をかけた。

「今夜は水野さんのおごりでしょう。たくさんうまいもの食っていってくださいよ」

「そうですね。じゃあアワビの酒蒸しとウニのロワイヤル、先生、ワインもいいですか？」

「もうなんでも食べて飲んでくれ」

あきらめの境地でうなずくと、はいと久地は遠慮なくうなずいた。

「まあ、でも最初から俺に勝ち目なんてありませんでしたけどね」

久地はワインリストを見ながら言った。

「うん？」

「よくよく話を聞いて納得しました。まさか二十歳のころからつきあってたなんて」

「いや、一回別れてるから」

「でもすぐに再会したんでしょう。すごい偶然ですよ」

「最初はすごく嫌だったよ。でも仕事だからしかたなくね」

「本当に嫌だったら、つきあいは続かないですよ」

「いや、それもいろいろあってさ」

「みんないろいろあります。でも普通は嫌だったら会わない方向にいくはずなんです。先生と阿久津さんは身体の関係がなかったんだとしても、精神的には寝てたと同じですよ。別れて九年経つのにアイスクリーム持って『ルール？』ってハモるとか、どんなラブラブですか」

久地がぼやき続ける中、戸が開いて客が入ってきた。

「いらっしゃい。ああ、阿久津さん」

えっと見ると、阿久津もこちらを見て驚いていた。

「もしかして阿久津さんも呼んだんですか？」

責めるような横目で見られ、まさかと否定した。

「悪い。出直すわ」

帰ろうとした阿久津を、いいですよと久地が引き止めた。

「俺はもう退散します」

「え、でもこれからアワビもウニもくるんだから」

水野の言葉に、いいえ、と久司は首を横に振った。

「もうお腹いっぱいになりました。これ以上は胸焼けしそうなんで」

久地は拗ねたくちぶりで出口へ向かい、すれちがいざま、阿久津にたずねた。

「ほんとに偶然なんですか？」

「本当に偶然だ。俺も驚いた」

答える阿久津に、久地はふうっと息を吐いた。

「ほんとタチの悪い人たちですね」

肩をすくめて久地は出ていった。

「よかったのか？」

阿久津が隣に腰を下ろしてくる。

「無理に引き止めて三人で飲むほうが嫌がらせだと思うけど」

「それもそうか。あ、大将、ビールとつまみ適当に」

「はい。それとおめでとうございます」

阿久津が「ん？」と聞き直し、すぐに察したように笑った。

「もう聞いたんだ？」

「水野さんと久地さんの会話からなんとなく」

「はい、まあ、そういうことになりまして」

照れる阿久津に、大将がにやりとほほえんだ。

「見事な土下座だったそうで」

「ちょ、大将、それは」

ぎょっとしたが手遅れだ。阿久津がちらっと横目でこちらを見る。

「ごめん慧一、けど俺が言ったんじゃなくて……」

気まずい水野に、阿久津は溜息まじりに「まあいいけど」と言った。

「いいの？」

「大将ならな。その節《せつ》はどうもいろいろとお世話になりました」

阿久津がカウンターに向かって頭を下げ、大将もいえいえと下げ返す。

「え、なに、ふたりとも。そういうの気になるんだけど」

意味がわからない水野に大将が経緯を教えてくれて、阿久津の土下座劇がまさかの大将伝授だと知って笑った。一緒に大将の波乱万丈な人生の一端ものぞいてしまった。

「再々婚って、大将もやり手ですね」

「いやあ、最初は籍《せき》は入れなくていいかって話だったんですよ。同じ相手と二度目って恥ずかしいじゃないですか。けど結局二度目だからこそちゃんとするかって話になって」

「うん、その通り」

阿久津は大きくうなずいている。水野も同意しながら、大将をうらやましく思った。ストレートのカップルとちがい、ゲイである自分たちは結婚という社会的にも認められる制度と縁がない。ならせめて、一緒に暮らそうと阿久津は言い、自分はまだそれに答えていない。

自分には阿久津しかいない。それはもうまちがいないことだ。

だからこそ、二度と失敗しないように石橋を叩いてしまう。

これで大丈夫、大丈夫と何度もしつこく――。

才を出たころには気持ちよく酔っていた。今週の仕事の予定を教え合い、週末は阿久津のマンションで過ごすことを約束したあと、阿久津がふと言った。

「今日、弁護士事務所にいってきたんだ」

「なんでまた。厄介《やっかい》ごとか？」

問うと、阿久津は鞄から封書を取り出して見せた。裏面に開封を禁止する但《ただ》し書きと、今日の日付と阿久津の名前。糊《のり》づけ部分には、ご丁寧に割り印まで押されてある。厳重すぎる封書を阿久津がくるりと表に返す。そこには遺言書と書かれてあり、水野は目を見開いた。

「開けて見せてやれないけど、俺の遺産の受取人におまえを指定してある」

一瞬で酔いが醒《さ》めた。

「……なんで。なんでそんな、慧一、なにか病気なのか？」

――遺言書を書かなくてはいけないような？

引きつっている水野を見て、阿久津はちがうちがうと笑った。

「俺は健康だ。でも万が一のときのことを考えてな」

「万が一？」

「生きてると、なにが起こるかわからないだろう」

「そうだけど、でも……遺言なんて不吉じゃないか」

これで大丈夫だという確信がほしかった。でもこういうものではない。安心した反動で腹が立ってきた。もう帰ると大股《おおまた》で駅へ向かうと腕を取られた。

「悪い。俺なりに考えた結果だったんだが、まさか怒るとは思わなかった」

「なにを考えたんだよ」

「なにが婚姻届《こんいんとどけ》の代わりになるか」

「は？」

「おまえ、まだ俺を信用しきれてないだろう？」

どきりとした。

「責めてるんじゃない。信用は時間をかけるしかないけど、それ以外になにかできることはないかって考えたんだ。結婚みたいに公的に気持ちを証明するようななにか」

「それが遺言書ってぶっ飛びすぎだろう」

不安を見透かされていた恥ずかしさで、つい乱暴な言い方になった。

「本当は生命保険の受取人を考えてたんだが、あれは身内以外だと審査が厳しいんだ。同性のパートナーの場合はもっと厳しくて、とりあえず同居してないと駄目だし、それを証明するための住民票や保険会社が用意した証明書を提出しなくちゃいけない」

「……生命保険」

「あれは俺には家族の証明だからな」

阿久津は駅とは反対方向に歩き出した。

「うちは父親が早くに死んでるだろう。子供のころから、人間なんていつ死んじゃうかわからないねって、だから悔いのないようにしないとねって母親がよく言うのを聞いてた」

阿久津の父親が死んだあと、それまで専業主婦だった母親の仕事が決まるまでは、父親の生命保険で生活をしのいだらしい。毎朝仏壇に水をあげるとき、今日もお父さんのおかげで暮らしていけてます、と母親が手を合わせるのを見て阿久津は育った。

「母親も生命保険に入っていて、何年かに一度の見直しのたびに言うんだよ。受取人ちゃんと慧一にしてるからねって、家族だからね、って何度も言うんだ。だから俺にとって生命保険はなんというか、その、金だけの問題じゃなくて……」

「わかるよ」

自分に万が一のことがあったときの金の受取人。

それはシステムだけれど、阿久津にとっては最高の愛情の証明でもある。

「母親が死んだあと、かなり大きな金額をかけてくれてたのがわかったんだ。楽な暮らしじゃなかったのに、俺のためにコツコツかけてくれてたんだなって改めて感謝した。けどそのあと、俺も生命保険の受取人を誰にすればいいんだろうって考えて、かなり困った」

遺《のこ》せる相手が誰もいないんだ、と阿久津は振り返った。

「なんで泣いてるんだ」

阿久津が目を見開く。

「……ごめん、ちょっと」

「悪い、いきなり重かったな」

阿久津がスーツの袖《そで》で目元をぬぐってくれる。生地が硬いから痛い。

「……慧一、俺たち一緒に住もう。そんで生命保険の受取人も俺にしてほしい」

「いいのか？」

大きくうなずいた。

「俺が慧一の家族になる。俺以外のやつを家族にしてほしくない」

「……光流」

「慧一と一緒に暮らしたい。もう今夜から暮らしたい。慧一が死んだら財産は全部俺がもらう。生命保険も俺が受け取る。誰にもやらない。全部俺のものにする」

ごうつくばりみたいなことを言いながら、また涙がこぼれてきた。手の甲でこすっていると、またスーツの袖でぬぐわれた。痛い。嬉しい。痛い。嬉しい。ふたつがごっちゃになって、苦しいくらい阿久津を愛していることを実感した。

35 years old

【水野光流】

ちらりと腕時計に目を走らせると、五時を過ぎていた。今日は一緒に暮らして初めての阿久津の誕生日だ。すみませんと断ってから席を外し、阿久津にメールを打った。

《打ち合わせが長引いてる。帰り少し遅れるけど待ってて。絶対飯作る》

席に戻る前に返信がきた。

《気にしなくていい。仕事がんばれ》

そう言われると、余計に早く終わらせようという気になる。急《せ》かす印象にならないよう、さりげなく進行をリードし、予定の四十分遅れで打ち合わせは終わった。

「ずっと気になってたんですけど、その時計、革がいい色ですね」

帰り際、世間話のように相手が言った。

「どこのものですか？」

「海外の一点もので、特にブランドではないんです。十五年ほど使ってます」

「だからか。やっぱり時間が経たないとそんな飴色は出ませんね」

そうですねと水野はほほえんだ。相手を見送り、手早く帰り支度《じたく》をしていると、先月入ったばかりの女性スタッフが「先生がこんな時間に帰るなんて珍しい」と言った。「彼氏の誕生日」と答えると、「いいなあ、ラブラブ」とうらやましそうに言われた。

「つきあって十五年目のご長寿カップルなのに」

久地がつけつけと言い、「十五年?」とスタッフが目を丸くした。

「ずっとつきあってたわけじゃないよ」

訂正すると、久地は意味深な笑いを返してきた。まったく――。

「先生、ラブラブの秘訣を教えてください。うち三年目でもう冷えてます」

真剣な顔で問われ、

「一度別れてみればいいんじゃないかな」

と答えると、荒療治すぎますとみんなからブーイングが飛んできた。

「まあそれぞれのやり方でがんばって。じゃあお先に」

事務所を出て、市場で仕入れておいた鯛《たい》を手に駅まで小走りになった。今夜のメインは鍋なので手間はない。出汁は取ってあるし、牡蠣のオイル漬けなどつまみも何種類か仕込んである。ワインとシャンパン。バースデイケーキは省いて、ワインに合うショコラを用意した。

最寄り駅から歩いて十五分、２ＬＤＫのマンションに引っ越してきて半年が経った。広いキッチンとベランダが気に入って契約した。最初はパートナーシップ条例のある渋谷区《しぶやく》という案も出たが、希望と家賃の折り合いがつかずに断念した。これからそういう区が増えそうな雰囲気もあり、そのときは賃貸ではなく、購入の方向で考えようかと相談している。

急いで帰宅したが、やはり阿久津はもう帰ってきていた。

「おかえり」

出迎えてくれる阿久津を抱きしめて、ただいまと頬にキスをした。

「遅れてごめん、誕生日おめでとう。すぐに用意する」

慌ただしくリビングダイニングにいくと、テーブルにはすでに鍋の準備がされていた。得意そうな笑みを浮かべている阿久津がエプロンをしていることにようやく気づいた。

「俺も昔の俺じゃないってところを見せようかと」

腕組みで顎をそらす姿がおかしい。

「……慧一、立派になって」

涙ぐむ真似《まね》をすると、この野郎と首を抱えられて笑った。

「本当ありがとう。せっかく誕生日なのに」

「いいって。俺もたいがい鍛えられたからな。一通りのことはできる」

「じゃあこれも頼んでいい？」

足元のクーラーボックスを指さした。

「なにそれ」

「鯛。しゃぶしゃぶ用にさばいてほしい」

「それは無理。お願いします」

阿久津は素直に白旗を振り、水野は了解と腕まくりをした。

手際よく鯛をさばいていく水野の手元を、阿久津が隣でじっと見ている。薄い桃色で綺麗だなあとか、花びらみたいだなあと子供みたいにつぶやいているのがかわいい。

「そういえば今日、時計を褒《ほ》められた。昔、慧一から誕生日にもらったやつ。十五年使ってるって言ったら、だからそんないい飴色なんですねって」

「そんな使ってるっけ？」

「つきあった最初の年の誕生日にもらったから」

「ああ、そうか。そういや、あのセレクトショップもうないんだよな」

「今は服屋になってるな」

「十五年だしな。改めて考えるとすごいな」

「俺たちが出会った年に生まれた子供が中三になるくらいの時間か」

「その表現はやめてくれ。完全にオッサンじゃないか」

いまさらと笑うと、そうか、いまさらかと阿久津も笑った。

「これから十五年、その時計もつかな」

阿久津の視線が、包丁を持つ水野の手首に優しく注がれる。

「丁寧に使うよ。壊れたら修理する。何度だって」

「……そうか。修理か」

どちらからともなく顔を見合わせて、ふれるだけのキスを交わした。

「もうシャンパン開けようか？」

阿久津が言い、うんとうなずいた。冷蔵庫からシャンパンを取り出し、グラスに金色の液体を注いでいく。誕生日おめでとう、ありがとうとグラスをぶつけあった。

「今までで一番嬉しい誕生日だ」

「立ったまま台所で乾杯するのが？」

「ひとつ屋根の下で家族に祝ってもらえる。俺にはこれ以上はない」

「俺も一番近くで祝えて嬉しい」

自分から腕を回して、もう一度キスをした。

二十歳で出会って、二十五歳で別れ、今は三十五歳。

頭の中に標識のイメージが浮かぶ。

右折しますか？

左折しますか？

こちらでいいですか？

問われるたび、途方に暮れてばかりだったけれど。

「慧一、もっかい乾杯しよう」

ふたたび互いのグラスにシャンパンを注いだ。

誕生日おめでとう。ありがとう。

笑い合って、くちづけをかわして、グラスを合わせる。まちがえたらやり直して、壊れたら修理して、何度も何度も繰り返す。かけがえのない大事な人と、はじけながらふくらみ、瞬く間に消えてゆく金色の泡を、この先もずっと分け合っていきたいと願った。

【あとがき】

このたびは拙著をお読みくださいましてありがとうございます。

そしてルチルレーベル創立二十周年、ルチル文庫創刊十一周年おめでとうございます。記念の四六版刊行に書かせていただけて大変光栄に思っています。

創立二十年……赤ちゃんが成人するまでかあと、あとがきを書きながら、思わず自分の二十年も振り返ってしまいました。わたしがBLに初めてふれたのはルチルさんが創立されるよりもう少し前で、そのころはBLではなくJUNEとかやおいと呼ばれていました。

それからしばらく離れて、ふたたび戻ってきたときにはBLという呼称に変わっていて、死に別れなど悲恋ENDがごく普通にまかり通っていたJUNEとは内容も変わっていて驚きました。当時は花嫁やアラブ全盛期で、JUNEしか知らない身にはいろいろ衝撃でした（笑）

あれから九年が経ち、当時とはまた様子がちがってきています。読者さんの萌えが細分化された分、いろんなネタを書かせてもらえるようになったのはすごく嬉しいです。デビュー文庫が花嫁モノ限定＋タイトルに花嫁という言葉を必ず入れるというかなり厳しい条件つきだったので、お別れエンド以外はほとんどNGがない今の状況は本当にありがたいです。

しかし攻めキャラに関しては、昔と変わらず溺愛系が支持されている気がします。受けだけを一途に愛し抜き、心変わり？　なにそれおいしいの？　という攻めさんとか、実社会ではけっして許されない犯罪をしでかしても受けへの愛ゆえチャラになるよマジックを華麗に披露する暗黒攻めさんとか。最近ブームの執着攻めも溺愛系の振り切ったバージョンに分類されるし、もちろんわたしも溺愛国生まれ変態育ちの攻めさんが大好きです。キモかったらもっといい！

一方で、ごくごく普通の男性の恋模様も捨てがたい……。脇目もふらず受けだけを愛し続けたいところ、恋愛だけでは突っ走れず、散々思い悩んで出した答えが不正解で、盛大に人生に迷い、けっしてスパダリにはなりえない、欠点や弱さのあるごく普通の人攻め。ＢＬ的理想には程遠い攻めなので好き嫌いは分かれると思いますが、物語のキャラクターとしては魅力的、かつ普遍的な人物像なのではないかと思います。

今作に出てきた阿久津もそのタイプで、対する水野も健気というわけでもなく、一途というわけでもなく、妥協と純粋の間でゆらゆら気持ちを揺らしているごく普通の人です。なにごとも一発で正解に辿り着ければいいのですが、私自身、熟考した挙句にババを引くタイプなので、三歩進んで二歩下がる感じのふたりに共感して書くことができました。

挿絵は奈良千春先生です。まだラフを見ていないので具体的な感想を書けないのが残念ですが、きっと素晴らしいイラストを描いていただけることを確信しています。本屋さんにいっても滅多にＢＬコーナーをのぞかないのですが（自分の本がなければ仕入れていただけないのかと悲しみに暮れ、たくさんあれば売れ残っているのかとどきどきするネガティブ野郎なので）たまにのぞきにいくと、平台に置いてある奈良先生表紙の小説にパッと目を惹かれます。一体どんな阿久津と水野に会えるのか、今からとても楽しみにしています。

最後に読者のみなさまへ。あとがきまでおつきあいしてくださってありがとうございます。たくさん失敗して、たくさん学んで、最後はちゃんと自分が思う幸せにたどり着ければいいねという気持ちで書きました。華やかで甘い恋愛物語ではありませんが、どこかひとつでも共感していただける部分があれば嬉しいです。

それでは、また次の本でもお目にかかれますように。

二〇一六年　四月　凪良ゆう

この作品は書き下ろしです。

凪良ゆう

一月二十五日生まれ　A型
好きなもの／音楽、映画、夜明けと夕方、夏空。
苦手なもの／うるさい場所、虫。
誇れること／ここ何年かひどい風邪をひいていない。

薔薇《ばら》色《いろ》じゃない

二〇一六年六月三〇日　第一刷発行

著者　凪良ゆう

発行人　石原正康

発行元　株式会社 幻冬舎コミックス
〒一五一-〇〇五一 東京都渋谷区千駄ヶ谷四-九-七
電話　〇三(五四一一)六四三一［編集］

発売元　株式会社 幻冬舎
〒一五一-〇〇五一 東京都渋谷区千駄ヶ谷四-九-七
電話　〇三(五四一一)六二二二［営業］
振替　〇〇一二〇-八-七六七六四三

印刷・製本所　中央精版印刷株式会社

検印廃止

ISBN978-4-344-83741-6　C0093　Printed in Japan

幻冬舎コミックスホームページ　http://www.gentosha-comics.net